日曜ポルノ作家のすすめ

AN ENCOURAGEMENT OF SUNDAY PORN WRITER'S

著・わかつきひかる

監修（税金の章）・税理士　井上春幸

雷鳥社

はじめに

これは、本業のかたわら、日曜にポルノ小説を書いて、年収100万円アップを目指す本です。

私自身、15年前は、派遣社員をしながら日曜や夜にエッチな文章を書く、日曜ポルノ作家でした。派遣なので仕事は不定期でしたが、ファイリング事務やデーターエントリーで働きながら、帰宅後の1時間と休日にエッチな文章を書いていました。

ポルノ作家のほうが儲かるようになって派遣を辞め、専業作家になって今に至ります。

現在はライトノベルや時代小説も書く一方で、小説教室や通信添削もしていますが、フランス書院から支払われるポルノ小説の印税が収入の半分以上を占めています。

ポルノ作家というビジネスは、初期投資が少なく、在庫や仕入れの苦労がなく、人件費もテナント代も必要ありません。

時代小説のように資料がたくさん必要なジャンルでもありません。ノンフィクションのように取材しないと書けないジャンルでもありません。

採算率が非常に高いのです。

ウェブライターやアフィリエイトよりも儲かり、一般文芸作家よりも簡単にはじめることができます。

処女でも童貞でも書けます。

主婦でも高校生でも、フリーターでも会社員でも派遣社員でも、定年退職後でも書けます。

ツボを押さえたエッチな小説が書けたらデビューは簡単。

ポルノ作家になるために必要な資質は、エッチな妄想力、これだけです。

ポルノ作家には比較的簡単になれる、と言うと、信じて貰えないかもしれません。

フランス書院美少女文庫の場合は一回の新人賞で300の応募があり、受賞者はひとりかふたりです。

150人にひとりしかプロになれない狭き門なのに、簡単になれるというのはどうしてでしょうか。

それは、**投稿作の9割は「エロシーンは書いてあるが、ポルノ小説ではないもの」**だからです。300の応募があるとき、ポルノ小説になっているものはわずか30作。その30の中から競うのですから、賞を取るのはそれほど難しくありません。

ポルノ小説に限らず、ジャンル小説にはツボがあります。そのツボを外していると、どんなにすばらしい小説であっても採用されません。

高い文章力や人間洞察や、波瀾万丈なストーリー展開は必要なく、ツボを押さえているか、すなわち抜けるかどうか、実用に供することができるかが、採否を決めるポイントになります。

この本では、私がポルノ作家として仕事をする中で学んだことと、添削をする中で気づいたポルノ作家志望者が陥りやすい落とし穴について書いてあります。

ポルノ小説に必要なノウハウは、

・ポルノ小説のツボを押さえたストーリー展開
・こんな女性とセックスしたいと思う魅力的なヒロイン
・妄想をエロい文章に変えるテクニック

の三つです。この本では、この三つについて、なるべく詳しく、具体的に書くようにしました。

また、付録として、新人の黒名ユウ氏にもお話を聞いてきました。黒名氏は、本業の翻訳業のかたわら、ジュブナイルポルノ小説を書いていらっしゃいます。兼業ポルノ作家のイメージがつかめるのではないかと思っています。

ポルノ小説の編集を多く手がける編集プロダクションにも取材しています。編プロは表に出ない存在ですが、出版不況で編プロの存在感が増している現在、あなたが読んでいるポルノ小説も編プロが編集していたりします。編プロの語る業界話は必見です。

ポルノ作家は、会社員の副業にぴったりだと思っています。

ミリオンセラーが出て何億円も儲かってメディアミックスされて直木賞を取り、金も名誉も手に入れる、なんてことはまず無理ですが、会社員をしながら年に100万円ほどの印税収入を継続して得ることは、それほど困難ではありません。

書き下ろしの場合、締め切りは融通が利きます。雑誌の締め切りは厳密ですが、文庫書き下ろしの場合、その1冊の発売を延期することができるからです。

ポルノ小説の執筆を隠すこともできます。編集部の側も心得ていて、家族に隠したい作家には社名の入ってない茶封筒を使うとか、連絡はメールと携帯にして、個人宅の固定電話には電話をしないなど気を遣ってくれます。

私は作家であることを家族や近所に隠しています。エロライターとして文筆業者をスタートして21年。まだ誰にもばれていません。

会社に副業を隠すには、あることをしなくてはいけないのですが、それについては本文中で詳しく書いてあります。

ポルノ小説を書くのはとても楽しいですよ。

日曜の昼下がりにポルノ小説を書いて、年収100万円アップを目指しませんか。

INDEX

▼

Chapter 1

▼

ポルノ作家というビジネス

●

●

●

ポルノ作家は採算率が高い

どんなに小規模な仕事でも、個人事業主としてビジネスをはじめるなら、初期投資、仕入れ、在庫、倉庫代、宣伝、人件費、テナント料（家賃）、配送料が必要です。資格や許認可、学歴が必要な仕事もあるでしょう。

私は手芸が好きで、雑貨を作ってクラフトマーケットで売っています。クラフトマーケットというのはフリーマーケットの手芸バージョンです。手芸をするためには、布も糸もミシンもいるし、クラフトマーケットに出店するには、出店料が必要です。作った商品が全部売れたらいいのですが、大量に余ります。在庫は値引きしたり捨てたり人にあげたりします。

ですが、**ポルノ作家は、無から有を生み出す**ので、仕入れも在庫もありません。

宣伝は不要です。ツイッターやブログでお知らせする程度のことはしたほうがいいと思いますが、宣伝は出版社がやってくれるからです。私は書店営業をしますが、営業は出版社の営業社員がするから、作家は書店に行かないでくれ、と言われることもあるほどです。

印刷会社から書店への配送は、日販やトーハンなどの出版取次（流通業者、卸業者）がやってくれます。ひとりで書く仕事なので、人件費もほとんどかかりません。

私は忙しいとき、パソコンの設定と領収書の入力、小説教室の教材作成などの事務作業を外注しますが、漫画家さんのように継続してアシスタントを頼むわけではないので、人件費はとても安いです。

仕入れがないので、棚卸しもなく、税金の申告も簡単。私は税理士さんに頼んでいますが、それはむしろ例外で、作家のほとんどは自分で申告しています。

私は時代小説も書いているのですが、時代小説に進出したとき、年に30万円も書籍代を使い、たくさん取材をして、経費ばかり嵩んでほとんど儲かりませんでした。先輩作家に愚痴ったら、そんなもんだよ、と言われてびっくりしました。

違うジャンルを書いたことで、ポルノ小説の採算率の高さに改めて気がついたのです。

もちろん採算率の低いポルノ作家さんもいらっしゃることでしょう。

私は女性なので行ったことはありませんが、取材でイメクラやSMサロンやラブホテルに行く作家さんは経費が嵩みます。その代わり、小説のための取材はすべて必要経費として計上することができます。

ポルノ作家の初期投資

必要な初期投資は、パソコン、レーザープリンタ、ネット環境、辞書搭載のワープロソフト、携帯電話。これさえあればポルノ作家としてやっていけます。

ネット作家さんには、スマートフォンで文章を書いていらっしゃる方もいらっしゃるそうですが、長編小説をスマホで書くのは大変です。パソコンを使いましょう。タッチタイピングができると楽に書けるので、小説家になりたい人はタイピングソフトで練習しておくといいですよ。

プリンタはモノクロレーザープリンターにしましょう。インクジェットプリンターだとインク代が高くかかってしまいます。ワープロソフトは辞書搭載のものが便利です。私が使っているワープロソフトは一太郎です。

ファックスとコピーはコンビニで大丈夫です。

ポルノ小説を書くために必要なものは、エッチな想像力。それだけです。

ポルノ作家って儲かるの？

売れるとより儲かるし、売れないとより儲かりません

会社員と違って、作家の年収は一定ではありません。

年収は派手に前後します。

私の体験だと、新人のときは年に1冊か2冊出版して100万円に届かない程度。売れてるときで年に13冊出版して1000万円以上。今は年に5冊ほどの出版点数で落ち着いていますので、年収500万円前後です。

多いときと少ないときで、2桁違うのです。

そこから必要経費を引くわけですが、**売れてるときほど忙しくて経費を使わず、売れてないときほど取材したり本を読んだりするので経費が嵩むという逆転現象**が起こります。

これは私だけではなく、作家全体に言えることだと税理士さんが言っていました。

なので、売れるとより儲かる、売れてないときはより儲からないということになります。

作家の収入は原稿料と印税で構成される

◇ポルノ作家の原稿料

原稿料は、官能小説雑誌やスポーツ新聞などに、小説を掲載した場合に発生します。

400字詰め原稿用紙一枚あたりいくらで計算します。20字×20行にした場合の枚数になるので、改行のあとや文頭の空白も字数に含まれます。文字数にすると300字ぐらいでしょうか。

原稿料はピンキリで、官能小説雑誌の原稿用紙1枚あたり1000円というのもあれば、スポーツ新聞や男性向け週刊誌の1万8000円というのもあります。

私は両方で仕事をしましたが、なんでこんなにも報酬が変わるのか不思議でした。

私の書く小説は同じなのに、18倍の開きがあるのです。

理由は、発行部数の差ではないかと思っています。

ある官能小説雑誌の公称部数は5万部です。スポーツ新聞は少ないものでも公称部数100万部。20倍の開きがあるのです。原稿料が18倍違って当然ですよね。

ですが、スポーツ新聞や男性向け週刊誌の連載は、やはり著名な作家に依頼が行きます。スポーツ新聞や男性向け週刊誌のポルノ小説の連載は、ポルノ作家にとって花形仕事なのです。

◇ポルノ作家の印税

印税には、紙書籍の印税と電子書籍のダウンロード印税があります。

フランス書院文庫やマドンナメイトなどの文庫から本を出す場合の印税は、

▼定価×初版数×印税率＝印税

の計算式に基づき計算します。報酬なのに税という名前がついている理由は、昔、本を刷るたびに税金を払っていた（本に印紙を貼っていた）頃の名残なのだそうです。

定価7００円で初版が1万部、印税率が10％のとき

▼定価7００円×初版1万部×印税率10％＝70万円

報酬は70万円になります。

正確にはそこから税金が引かれたり消費税がプラスされたりします。

印税率は昔は一律で10％だったのですが、出版不況の現在、8％とか5％とかいう出版社も増えてきました。

作家によって初版数も印税率も違うようです。

新人の場合は、一冊書いて50万円ぐらいになるでしょう。

電子書籍の場合は、ダウンロード印税で計算します。紙書籍の発売と同時に、あるいは1ヶ月後に電子書籍で展開されます。

ひとつダウンロードされるごとに、その1冊分の印税が発生します。

印税率は紙書籍よりも多く、15％〜20％ぐらいです。

私は時代小説も書いているのですが、時代小説の編集者は、電子書籍の売上は紙書籍の

100分の1だと言っていました。時代小説の読者は高齢者が多く、高齢者は文庫で購入して手元に置いておきたいと思うからだそうです。

紙書籍で初版1万部なら、電子書籍は100ダウンロードなのだそうです。

仮に時代小説が100冊売れたとしましょう。

▼定価700円×ダウンロード数100×印税率15%＝10500円

子供の小遣いぐらいしか儲かりませんね。

ですが、ポルノの場合は、電子書籍は良く売れます。

書店で買うのは恥ずかしいけど、電子書籍だと恥ずかしくないからでしょう。

ポルノ小説は時代小説の5倍〜10倍の売上があります。

▼定価700円×ダウンロード数500×印税率15%＝52500円

ちょっとした臨時収入にはなりそうですね。

私はフランス書院から支払われる電子書籍印税だけで、年間100万円以上あるんですよ。

長編書き下ろし文庫を年に1冊か2冊出版したら、印税に電子書籍印税がプラスされ、年収100万円前後になります。これはそれほど高いハードルではありません。

ポルノ小説は、天井は低いが爆死もないと言われています。

大売れしてアニメ化映画化ゲーム化なんてありえませんが、フランス書院文庫は発売当日に全部買うというような、熱心なファンに支えられているからです。

まずは年2冊出版を目指しましょう。

会社員の年収はたし算、作家の年収はかけ算で増えていく

デビュー当時、編集長から言われた言葉です。

会社員は階段を上がるように一段ずつ年収が増えていくが、作家の年収はかけ算なのだそうです。

ひとつの成功した仕事が知名度を高めて、次の仕事を呼び、その仕事がまた仕事を呼び、増刷がかかり、メディアミックスされて、年収が倍々ゲームで増えていく。

作家における成功した仕事というのは、売れること、増刷のことです。

だからまず、増刷がかかる仕事をしなさい。

私はエロライターでデビューした当初、年収100万円以下でしたが、増刷が一回かかると、まるで勢いがついたように毎月のように増刷がかかり、1000万円を越えました。(今はさっぱり増刷がかかっていないので、いちばん売れていたときの半分以下の年収になっています)。

会社員は昔は足し算だと言われていましたが、今は給与が上がりにくくなっています。毎年少しずつ昇給していく足し算形の会社員は、公務員ぐらいしかないかもしれません。

ポルノ作家になって、かけ算の年収を目指しませんか?

デビューするには

新人賞・原稿募集に投稿する

現在、新人賞を常設しているのはフランス書院だけですが、原稿募集を行っているレーベルはいくつかあります。
たとえば二次元ドリーム文庫は巻末に原稿募集が掲載されています。

編集部では作家、イラストレーターを募集しております。プロアマ問いません。原稿は郵送、もしくはメールにてお送りください。作品の返却はいたしませんのでご注意ください。なお、採用時にはこちらから連絡差し上げますので、電話でのお問い合わせはご遠慮ください。

これは**締め切りのない新人賞**です。ですが、こういった原稿募集に応募するとき、気になるのは採否がいつわかるか？　という点です。

新人賞なら落選を確認することができますが、「採用時にはこちらから連絡」つまり、「不採用なら連絡しない」わけですから、いつまで待てばいいのかわかりません。

私の経験では、1ヶ月も経たずに連絡が来るときもあれば、半年ぐらい経ってからのときもありました。

なので、投稿後半年は待ちましょう。

半年経って何の連絡もなければ、不採用だと考えていいでしょう。書き直して、別のレーベルに送りましょう。

もしも半年以上経ってから採用したいと連絡が来たら、「半年待ったのですが連絡がなかったので、不採用だと思って別の社に投稿しました。つきましては新しい企画でお仕事させて頂けないでしょうか」と言えばいいだけです。

原稿募集の審査方法ですが、原稿が送られるたび未審査箱に入れておき、手の空いた編集者が原稿を読んで判断し、採用だと思ったら作家に連絡するそうです。

一般文芸の新人賞は下読みの人が読みますが、ポルノ小説は編集者が直接読みます。理由は、投稿された原稿のうち9割が、ポルノ小説ではないからです（章を改めて後述します）。

そのため、すぐに読まれる小説もありますが、たまたま未審査箱の一番下になってしまった原稿は、なかなか読まれないということになります。

これぱっかりは運ですので仕方がありません。

双葉社や宝島社、幻冬舎などのポルノ小説も出す出版社は、不定期に新人賞を行います。見つけたらぜひ応募しましょう。

新人賞の応募数はフランス書院美少女文庫で300ぐらいなのだそうです。その中で勝ち抜くのは大変そうですが、新人賞受賞は簡単です。

理由は**応募の9割はポルノ小説ではなく、実質30しか応募数がないのと同じ**だからです。30の中から競うのですから、受賞はミステリーやライトノベルよりも簡単です。

私はフランス書院美少女文庫、幻冬舎アウトロー大賞特別賞、宝島社日本官能小説大賞岩井志麻子賞の三つを受賞しています。

ウェブに発表しスカウトを待つ

「小説家になろう」というWEBサイトがあります。小説の投稿ができるサイトですが、全年齢の小説家になろうの他に、18禁の男性向けのノクターンノベルズ、18禁の女性向けのムーンライトノベルズがあります。

ポイント制になっていて、よく読まれている小説順にランキングが出ます。**このランキングで上位を出したもの、ポイントで高得点を出したものに編集部からスカウトが来て書籍化されます。**

現在のところ、ジュブナイルポルノ（若い読者向けポルノ小説）や乙女系（30代から50代の主婦層向けポルノ小説）に限られていますが、無料で小説を発表することができますから、ジュブナイルポルノや乙女系でデビューしたい人は投稿するといいでしょう。

ですが、ランキング上位になるのは困難で、新人賞や原稿募集と同じかそれ以上に大変だと思います。ノクターンノベルズの投稿数は膨大で、新人賞の比ではありません。その中で勝ち抜くのは難しいです。

ウェブ専用の新人賞に応募する

ランキング上位でなくても、ウェブ小説を書籍化する方法があります。ウェブ専用の小説賞に応募することです。

応募はとても簡単。**「××の小説賞に応募する」のボタンを押すだけ**です。ポイントは少なくても、おもしろい小説は賞を取ることができます。

ウェブの発表はいいことずくめのようですが、書籍化はジュブナイルポルノと乙女系に限られます。

フランス書院文庫やマドンナメイト文庫のようなポルノ小説文庫でデビューするためには、やはり投稿になります。

ジュブナイルポルノの場合はどうなのでしょう。ウェブと投稿、どちらが受賞しやすいのでしょうか。

私は投稿のほうが賞を取りやすいと思います。

理由は、投稿が減っているからです。編集者から直接聞いたのですが、今はウェブで発表する人が多いから、新人賞の投稿数が減っているそうです。

一方、ネット小説大賞の前回の応募総数は7165作品とのことです。

少ない相手と競うほうが、受賞しやすいですよ。

企画、原稿の持ち込み営業

もしも、あなたが、ジャンル違いであっても一冊でも本を出していたら、ぜひやってほしいことがあります。

それは営業です。

「小説家になろう」に投稿している作家、いわゆるなろう作家さんは、ランキング上位を取ってもスカウトが来ないときは、自分から出版社にメールするそうです。

「作家の××と申します。△△という小説が、ノクターンノベルズ日刊1位です。御社の□□レーベルで書籍化を検討して頂けないでしょうか?」

つまりは営業メールですね。

私も営業します。私はライトノベルと時代小説には、営業で進出しました。

営業のやり方は次の通りです。

・書きたいレーベルのその文庫を買ってきて読み、研究する
・そのレーベルで通用しそうな企画書を作成する
・編集部の直通電話番号に、発売日の午後二時に電話する

本の奥付（最終ページ）には編集部の直通電話番号が書いてあります。この番号に電話したら、100％そのレーベルの編集者が応対します。

そのレーベルの発売日の午後2時に電話しましょう。

編集者は朝が遅く、お昼頃に出勤し、終電で帰ります。理由は、印刷会社の輪転機が、夜中に稼働するからと聞きました。

ある編集者は、入社当初はスーツで出社していたのだけど、みんなラフな格好をするから（編集者はスーツを着ません）、僕もジーンズとポロシャツで出社していたら、いつの間にかご近所さんの間では「あの息子さん、入社してすぐ会社を首になってぶらぶらしているのよ。プー太郎ね」と噂されていたそうです。「昼に出社して夜に帰るから仕方ないですね」と笑っていました。

編集部の午後2時は、一般の会社の午前10時に相当し、編集者が社内にいる確率がいちばん高い時間帯です。

また、本の発売日の1週間前は責了といって、印刷前の最終チェックで忙しくしています。責了とは責任校了の略で、責任を持って校正を完了させることです。あとは印刷したらいいだけにして印刷所に引き渡します。

責了中の編集者は神経質になっています。デビュー当時、責了中に電話をしてしまったことがあるのですが、「ごめん。いま、印刷会社なんだよね。印刷を待ってもらっているんだ」と言われました。さあ印刷するぞ、という段階で間違いが見つかって、印刷会社で直しているとのことでした。

時間に追われる日々を過ごしていた編集者も、発売日が来るとヒマになります。

発売日の午後2時に、

「フランス書院美少女文庫で書いているわかつきひかると申しますが、貴レーベルで執筆したいのですが、企画書からはじめさせて頂くことは可能でしょうか？」

と電話を掛けます。メールではなく電話なのは、電話の応対で可能性がわかるからです。責了中はイライラしている編集者も、この時期の電話には、天使のように愛想の良い応対をすることでしょう。応対は三つに分かれます。

・お断り
・送ってください
・お逢いしましょう

「新人賞に送ってください」「持ち込みは受け付けておりません」はお断りです。

あきらめて次に行きましょう。

「検討しますので企画書を送ってください」と言われたときは、手紙と企画書、自著と名刺を同封してレターパックで送ります。

「お逢いしましょう」は、仕事になる可能性が高いです。

作家が営業するというと、眉をひそめる人がいます。営業なんて自分を安売りすることだ、あさましい、下品だと言うのです。文芸あるいは文学を志向されている方に多いです。

ポルノ小説は文芸でも文学でもなく商品（実用品）です。

私は、ポルノ小説は集客ビジネスだと思っています。パチンコ屋さんやパン屋さんやスーパーや遊園地と同じです。

弊社の商品を御社で扱って頂きませんか。弊社の商品にはこのような良さがあり、御社で売って頂きますと、御社に利益を与えることができますよ。

とプレゼンテーションするのは、ビジネスでは当たり前のことです。

自分の未来を自分で切り開くのは悪いことではありません。

むしろ、安易に人に頼ることのほうが私は怖い。その頼った人がいわゆる業界ゴロだったら尻の毛までむしられてしまいますよ。

業界ゴロについては、のちほど詳しく説明します。

編集部のいろいろ

昔は編集者というと、版元（出版社のこと）と編プロの社員だったのですが、今は出版不況で、正社員の数は減る傾向にあります。

２０１５年のＫＡＤＯＫＡＷＡの３００人リストラは、業界を驚かせました。

１冊当たりの収益が減っているので、出版社はたくさんの冊数を出すことで補おうとします。次のページにグラフがありますが、販売額が下がっているのに、新刊点数が増えているのがわかります。

そのため、社内の編集者だけでは業務ができず、編集作業を外注に出す場合があります。

作家の担当をする編集者は、その社の正社員とは限りません。

契約社員、編プロの編集者、フリー編集者など業務形態はばらばら。エージェントもいれば業界ゴロもいます。

作家側から見た編集者の特徴についてまとめています。

正社員

その社の社員として働いている編集者です。現在ばりばり働いている編集者は就職氷河期世代の方です。厳しい就活を勝ち抜いてきただけあって、基本的にはみなさん非常に優秀です。

しかし、まれに例外もいます。仕事のできない編集者や、相性の悪い編集者が担当になると、作家はしなくてもいい苦労をします。

ライトノベルで連載の仕事をしていたときの私の体験ですが、ミスがやたら多い編集者がいました。イラストが半袖なので、夏の話に書き直してくださいと言われました。イラスト指定は編集者の仕事ですが、編集者がイラスト指定をミスしたのです。

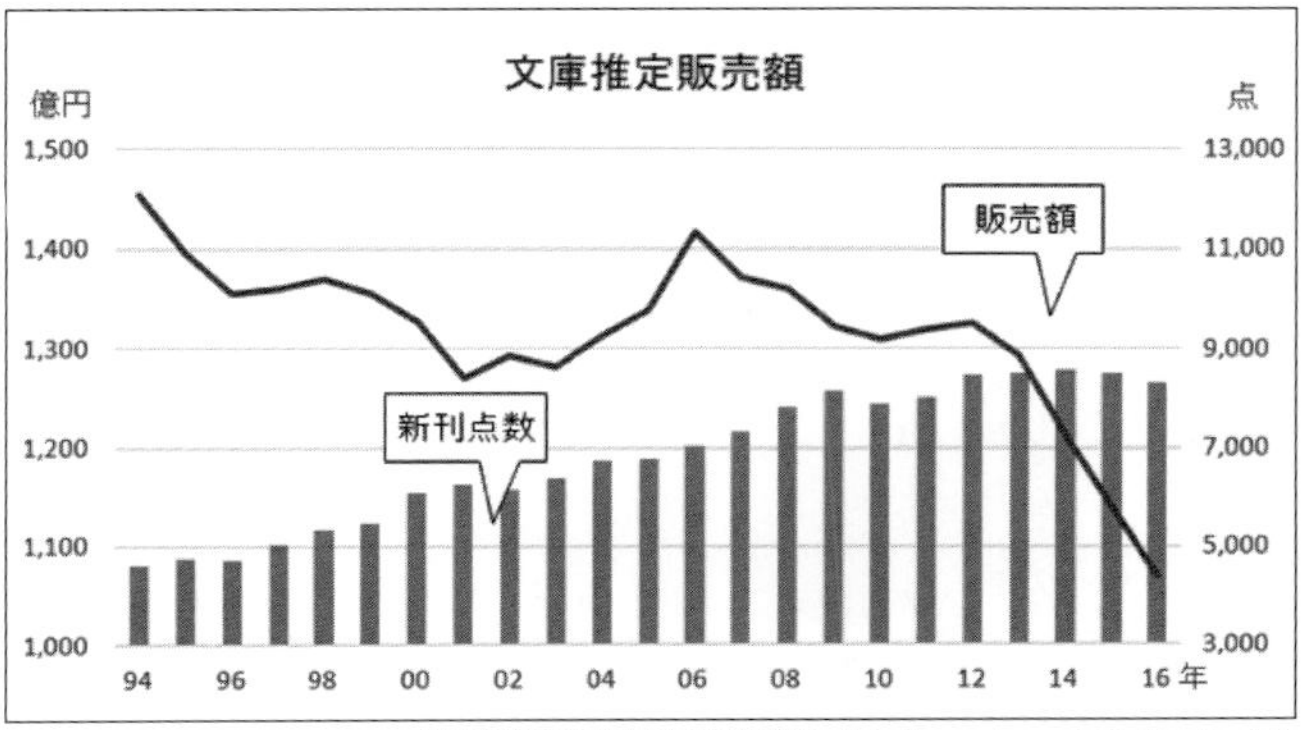

出版科学研究所 日本の出版統計（http://www.ajpea.or.jp/statistics/）より

3ページ削除してください、と言われて3ページ削除したら、ページが足りないので10ページ書き足してください、と言われました。編集者がイラストを指定するとき、大きさを失敗したのです。

すべてがこういう調子で、しわ寄せが作家に来るのです。

私は我慢してきたのですが、ついに堪忍袋の緒が切れる事態が発生しました。それは原稿料の未払いでした。支払日に入金がなかったのです。

私はすぐさま電話をかけました。

その編集者は「経理のミスです。支払いは2ヶ月後になります。経理をきつく叱っておきます」と答えました。

経理のミスなら、経理はすぐさま振り込んでくれます。

支払伝票の切り忘れだな、とピンと来ました。

編集者が支払伝票を切って経理に回すことによって支払いが発生するのですが、この支払伝票を切り忘れて、未払いを起こす編集者がたまにいるのです。

経理に「僕のミスなので、なるべく早く振り込んでください」と言うのが嫌なので、今日付で支払伝票を回そうとしているのです。

「経理のミスなら、すぐに振り込んでくれますよね？」

「弊社のシステムではそうなっているんですよー。ひどい会社ですね。これは会社が悪いです。僕も許せないです」

「経理に直接話しますので、代わって頂けませんか？」

××さんはうろたえながら言いました。

「編集長の指示なんです。僕は悪くない」

ついに我慢できなくなった私は携帯電話を切り、編集部に電話をして、編集長につないで頂きました。

事情を説明すると、編集長は絶句しました。

「編集長の指示だ、経理のミスだ、会社が悪いとおっしゃっています」

「はじめて聞きました。僕は指示してないです。××に聞いてみます。いったん電話を切ります」

15分後、編集長から電話がかかってきました。

「××が支払伝票を切り忘れたそうです。失敗を知られるのが嫌で嘘をついたそうです」

号泣している声が受話器から聞こえてきました。あまりの社会常識のなさに私はあきれるばかりでした。

原稿料は翌日振り込まれました。

なお、その後、この社はライトノベルから撤退しました。

契約社員

契約社員は有期雇用です。

2年契約でいい成績を残したら（ベストセラーを出すことができたら）正社員登用というような条件で働いています。

私たち作家には、契約社員だと知らされない場合が多いです。

「今月末で会社辞めます」

という突然の電話で知ることになります。

「はっ？　何で急に？」

「契約期間満了したんです。次の担当者はデスク（副編集長、会社員なら課長や次長に当たる）の××になります」

これは作家に取って悪いことばかりではありません。**契約社員の契約満了は、作家にとっては仕事先が増えるチャンス**でもあるんですよ。

「来月から××社で働きます。わかつき先生、××社でも一緒に仕事しませんか」

と誘って頂けるからです。

編集プロダクション（編プロ）

編集作業を受け負う制作会社です。複数の版元に出入りし編集作業をしているところもあれば、ひとつの社だけと契約し、下請のように作業している社もあります。

4章の終わりに、複数の版元に出入りしている編プロの取材を載せていますので、参考にしてください。

今まで出したことのないジャンルの新シリーズは、社内でチームを作って社員に編集させるのではなく、すでにノウハウのある編集プロダクションに頼んだりするようです。

複数の版元に出入りしている編プロの場合、複数の版元と仕事をするチャンスができます。編プロは、出版社から編集料を取ることで収益をあげています。エージェントと違って作家からはお金を取りません（一部例外もあります）。

エージェント

エージェントというのは代理人という意味で、作家の代わりに編集部との交渉をしてくれる存在です。個人も法人もあります。

編集運が悪かった私は、エージェントを通すことを考えたのですが、話を聞くだけ聞いたものの、結局契約しませんでした。

理由は3つ。

・当時の担当者の全員が反対した

・費用が高すぎる

・リスク分散ができない

出版業界は古くさい部分があって、ネットの発達した現在でも、膝をつき合わせての打ち合わせを大事にします。

当時の担当編集者に、エージェントを通したいけどどう思うか、と聞いたところ、「仕事がしにくくなる。直接取引したい」と異口同音に言われました。

出版社にとってエージェントは、作家を隠す困った存在に思われているのではないか、そんな風に感じたのです。

日本の商慣習に、エージェントはなじまないのではないか、と。

エージェントの費用が高額すぎることも二の足を踏む理由のひとつです。

編集部からの振り込み先が私ではなくエージェントになり、3割引かれた額がエージェントから振り込まれます。

書き下ろし小説の印税は、新人の場合で50万円ほどですが、エージェントを通すことで15万円も減って、35万円になってしまいます。

しかも、すべての窓口をエージェントにしてくれ、と言われます。私が私の努力で勝ち取った仕事さえ、3割取られてしまいます。

欧米では作家はエージェントを通すのが一般的ですが、それはエージェントが作家の生活の面倒を見たり（作家がくすぶっているあいだ、生活費を出しながら執筆の応援をするエージェントもいるそうです）、著作権管理もエージェントがするからです。

日本では著作権管理は出版社がするので、日本のエージェントがすることは作家と編集者との間の連絡係だけです。連絡だけで3割のピンハネは高いと思いました。

そして、これがいちばん大きな理由なのですが、そのエージェントが不誠実な人間だったとき、エージェント会社が倒産したとき、原稿料と印税を失うばかりか、作家生命が絶たれてしまいます。

危機管理の観点からも、リスクは分散するほうがいい。

なので、私はエージェントと契約していません。

出版社への売り込みは自分でする。

担当編集者がトラブルを起こした場合は編集長に電話をする。

相性の悪い編集者がいるときは、自分でフリー編集者を雇って仲介をまかせる。

私はそのやり方で快適に仕事をしています。

フリー編集者

会社に所属せず編集作業を請け負っている編集者です。ひとつの会社で社員のように働いている場合もあれば、いろんな会社に出入りしているフリー編集者もいます。

ひとりで編プロをしているようなイメージでしょうか。

一匹狼なんて大丈夫かな、と思われるかもしれませんが、ライトノベルでフリー編集者が担当になったときは、社員の編集者が打ち合わせに同行し「何かトラブルが起こったら僕に連絡してください」と名刺を差し出してくださいました。優秀な方で、何のトラブルもなく仕事ができました。

フリー編集者は、作家が個人で雇うこともできます。

担当者との相性が悪いけど、編集長に担当者の変更を願い出るのは気がひける。でも、その社との仕事は継続したいというとき、フリー編集者を自分で雇って仲介を任せるという裏技があります。エージェントを通すより安上がりですし、おすすめです。

フリー編集者の雇い方ですが、以下のサイトで募集を出しましょう。

◇「出版ネッツ」(http://union-nets.org/?page_id=1851)

フリー編集者、ライター、校正者など、出版業界でフリーで仕事をしている人たちの集まりです。こちらの人材募集で問い合わせをしましょう。いいフリー編集者が見つかりますよ。

◇「ココナラ」(https://coconala.com/)

「知識・スキル・経験」を売り買いできるフリーマーケットです。出版ネッツはプロ集団ですが、ココナラはプロアマ問わず登録できるので費用は安めです。こちらのリクエストボードで募集してみるといいですよ。

業界ゴロにひっかけられて企画詐欺に逢った私の体験

業界をゴロゴロしているゴロツキ、すなわち詐欺師のことを業界ゴロと言います。さも、有能な人間のようなフリをして、親切そうなそぶりで寄ってきますが、彼ら彼女らの目的は自分が得をすること。そのためなら平気で嘘をつき、相手を利用しようとします。私が体験した業界ゴロについて紹介しておきます。

F書院の編集部に営業してきたフリー編集者が、「K社ラノベ文庫に出入りしてるので、わかつきさん書きませんか」と言ったそうで、F書院の担当者が私に仲介してくれました。

K社ラノベ文庫は、私が奈良に引っ越す前に営業してお逢いしたものの、引っ越しのごたごたで忘れていたところでした。両親が相次いで死んで生活が激変して、連絡が途切れてしまったレーベルです。

これもご縁だと思って、企画を預けたんですが、何かヘンなんです。

そのフリー編集者、私に一切連絡しないんです。全部F書院の担当者経由です。「東京に行くからお逢いしたいので時間を取って頂けませんか。一度お逢いしたいです」と伝言して頂いたのですが、断られたそうです。

編集者は、膝をつき合わせての打ち合わせを大事にします。メールの一本のやりとりもなく、電話もしてこないというのは異常です。こんなのはじめて。これってほんとうに仕事になるの？

2回企画書を預けて、2回とも不採用になったそうで、なんだかんだで半年経過しました。

面倒くさくなった私は、「自分でやるのでHさんの仲介いらないです」と言って、K社ラノベ文庫の担当者に電話しました。住所変更で電話して以来、5年ぶりの電話ですが、あっさり電話が通じました。

「お久しぶりです。わかつきです。フリー編集者のHさん経由の企画、ダメだったらしいですけど、直接お仕事したいです。もう一度ご縁を結べないでしょうか」

「は？　何のことでしょうか？」

「Hさんです。F書院の担当から聞いて。K社ラノベ文庫に出入りしてるっておっしゃってて……企画を預かるって……貴レーベルで不採用になったって……」

「聞いたこともないです。Hさんというフリー編集者、僕は知りません。わかつき先生の企画がもしもうちに提出されたら、僕に来るはずです。編集部のみんなはわかつき先生の担当は僕だって知ってますから」

やっぱり、と思いました。でも、なんでそんな嘘をつくのかわからない。

「そのフリー編集者は、F書院で仕事したいんじゃないですか？　僕はK社に出入りしてるんだぜーって。僕はすごいんだぜーって。僕は尽力したんですよー、って、恩に着せたいんだと思いますよ。自分を実力以上に大きく見せるたがる人、たまにいますよ。よく聞

く話です」（K社は四大出版社のひとつです）

なるほどね。

フリー編集者のHさんの目的はF書院。

私は道具として利用されただけ。はじめから終わりまで全部嘘。狂言だったのでした。

企画詐欺は、普通はバレません。

作家は営業しないからです。

ですが私は営業する作家なので、嘘はあっさりバレたのでした。

「僕、わかつき先生どうしてるかなーって、たまにブログを読んでるんですよー」

「企画出しますのでご意見お願いします」

「もちろん検討しますよ！」

「ご指導よろしくお願いします」

幸い、私はその後、K社ラノベ文庫で順調に仕事をしています。いったん途切れてしまった縁を再び結ぶことができたので良かったかなと思っています。

いい編集者との出逢い方

編集者には、すばらしい方とそうでない方がいます。業界ゴロもいます。

さらに、相性の問題もあります。私にはいい編集者だったので友達の作家を紹介したら、「こんなひどい編集者はじめて」と怒ったことがありました。

いい編集者と出逢うためにはどうしたらいいのか。それには3つの方法があります。

- **編集者と逢う**
- **いろんなジャンル、いろんな社、たくさんの編集者と仕事をする**
- **作家仲間を作って情報交換する**

私はその編集者と逢って直接話すようにしています。出版社は東京に集中しているので、地方に住んでいる方はなかなか編集者と逢う機会がないと思いますが、それでも一度は出版社に行き、編集者とお逢いするべきです。

目を見て話すと、その編集者が何を考えているのかわかります。

作家に逢いたがらない編集者は要注意です。

なんだか変だ、おかしいというときは逃げるほうがいいですよ。

危機管理のための最高の方法は、リスク分散です。

ひとつのジャンルだけ、ひとつの社だけ、ひとりの編集者だけと仕事をすると、そのひとつがダメになったとき、印税を失うばかりか、作家としての生命が終わります。

たくさんの編集者と仕事をすると、ひとつを失っても他でフォローできるばかりか、何がおかしいのか見えてきます。

おかしな編集者は、自分のミスを他人につけ回すのが得意です。自分のミスで支払い伝票を切り忘れて未払いをおこした編集者は「経理のミス、会社が悪い、編集長の指示」と言いました。

そういう編集者と仕事をしていると、悪いのは自分のような気分になってきます。「私の小説が下手なんだ」「私に悪いところがあるんだろう」と思い込んでしまいます。気の弱い人は鬱病に追い込まれスランプになり、作家としての生命が絶たれてしまいます。

おかしな編集者は、作家仲間で噂になります。担当している作家全員に同じことをしているからです。

作家仲間で情報交換をして、おかしな編集者からは逃げるようにしましょう。

困った編集者が担当になっても、文句をネットに書くのはやめましょう

ポルノ作家は文学者ではなく、個人事業主です。

出版業界に夢を抱いている人には申し訳ないのですが、きわめて小規模な町工場の社長、あるいは水道屋のひとり親方。それが作家という存在なのです。

パワハラやセクハラ、下請けいじめをするメーカーの担当者がいるように、パワハラ編集者も存在します。

困った編集者が担当になったときはどうしたらいいか？

その仕事だけ無難に終わらせて、そっと距離を取ってもいいし、フリー編集者を自分で雇ってもいい、編集長に電話してもいいのです。

いちばん悪いのがネットに書いてしまうこと。

ネットに書くとあなたと仕事をしたいと思っていた編集者に、「この作家、使いにくそうなやつだな」と思われてしまいます。

結局は自分の首を絞めるのです。

ネットに書く前に、編集長に電話しましょう。

長編書き下ろしの仕事はこんな風にして進んでいく

長編書き下ろしの仕事は大変そうなイメージがあると思いますが、この仕事、不定期な待ち時間が発生して、なかなか先に進みません。逆にいうと、副業として優れています。

書き下ろし小説の進行について、順を追って説明します。

①打ち合わせ

プロ作家は、好きな小説を好きに書いているわけではなく、需要のある小説を書かなくてはなりません。

本を1冊出版するためには、作家の印税以外に、編集費、校正費、イラスト、装丁料（表紙デザイン）、印刷代、紙代、流通費などがかかります。売れなくて返本された本の倉庫料や裁断費も必要になります。こうした諸費用は、出版社が負担します。

売れない小説を出版してしまうと、出版社が損をします。また、作家も次の仕事がやりにくくなります。

文芸や文学の世界では、売れなくても文化事業として出版するということもありますが、**ポルノ作家は売れてナンボの世界**なのです。

出版社は、本の売り上げを詳細にチェックしています。本の裏側にバーコードがありますが、書店員さんがバーコードをピッとさせたその瞬間に、出版取次（流通会社）と大手書店のデータベースに、何県何市のどこどこの書店で某という本が1冊売れたという情報が蓄積されます。

各社採算ラインというのがあり、採算ラインを割る作家には依頼が来ません。赤字の商品ばかり作っていると、担当編集者も会社に居づらくなります。

そのため、まず編集者と電話で打ち合わせをして、どんな小説を書くか決めます。電話で相談する場合もあれば、10行程度のあらすじを書いたものを4本ほど一気に出して編集者と相談する場合があります。

私は待ち時間を短縮するために、あらすじを4本一気に出しています。

②企画書（プロット）を出す

どんな小説を書くか決まったら、企画書にします。

企画書は、作家にとっては小説の詳細設計図であり、図面であり、航海図です。

「私がこれから書こうとしている小説は、こういう良さがありこういう読者を対象にしています。私の小説を出版すると売れますよ。御社に損をさせませんよ」と出版社にＰＲ

するプレゼンテーション資料でもあります。

作家が出した企画書がそのまま通ることはまずなく、ボツになることもあれば、編集者がアドバイスをしてきて、企画をブラッシュアップすることもあります。

「女子中学生はNG、女子高生に変えて」「ヒロインが主人公を好きになるのに説得力がない。ヒロインが主人公を好きになるエピソードを増やして」「ヒロインふたりにするなら、いっそ双子にするのはどう？」

編集者のアドバイスをもとに、企画書を書き直して提出を繰り返します。

③企画会議

編集者のOKが出たあと、さらに企画会議をする会社があります。

編集者だけの企画会議でOKが出た企画を、さらに偉い人（取締役など）がチェックし、出版するかどうかの最終決断をする社もあります。

会議でOKが出たらいよいよ執筆です。

④執筆

私は進行状況の報告を兼ねて、一章ごとにメールで送っています。

1冊を書くのに1ヶ月ぐらいかかります。

売れてるときは年に13冊書き下ろしをしました。2週間ほどで1冊書いていました。今はこんな無茶はできないです。

全部書き上がったら、いったんプリントアウトして、はじめから読み直して推敲をし、編集者にメール添付で納品します。これを初稿と言います。

⑤ブラッシュアップ（編集者チェックによる書き直し）

初稿がそのまま本になるわけではなく、編集者が原稿をチェックして、面白くするためのアドバイスや矛盾の指摘をします。

「挿入から射精のあいだが短すぎ。いくら筆下ろしだからって早漏すぎます。主人公にもっと我慢させて。主人公が興奮している様子をあと15行ほど書いてください」「ベッドに乗る前に服を脱いだのに、ワンピースのスカートをめくりあげている」「エピローグでダブルフェラさせましょう」「ヒロインの感情が書かれてないのでエロくないです。このサービスシーンはヒロイン視点にして、ヒロインの感じている気持ちを書きましょう」

編集者のアドバイスに従って小説を直したあと、ワープロの検索置換機能を使って漢字の閉じ開きを統一します。

漢字の閉じ開きというのはわかりにくい言葉ですが、**漢字表記を閉じる、ひらがな表記を開く**と言います。「漢字」は閉じてあり、「かんじ」は開いてあるのです。

1冊の本の中で、漢字の閉じ開きは統一しなくてはいけない、という約束があります。校正者もチェックしてくれますが、私は二稿の段階で統一してしまいます。

普通は二稿でOKが出ますが、三稿、四稿する場合もあります。

なお、ポルノ小説において、初稿がボツになることはまずありません。ライトノベルでは一度全ボツを体験しました。

⑥ゲラチェック（著者校正）

出版の2週間ほど前、校正者がチェックを入れた原稿が送り返されてきます。これは出版前の著者がする最終チェックです。

編集者のチェックは小説の内容に対する直しですが、こちらは文章に対する突っ込みです。

ゲラとはゲラ刷りのことで、日本語にすると試し刷りになります。

余談ですが、ゲラという言葉は、活版印刷の時代に、印刷会社で活字を組むために使った金属や木製の箱のことをゲラと言ったことに由来するそうです。活版印刷は今ではもう使われてないのですが、名前だけ残っているのですね。

校正者が校正したゲラを、著者が確認します。

校正のチェックポイントは、方言、変換ミス、誤字、死語、差別語、漢字の閉じ開きの統一など多岐に渡ります。

時代小説の校正者は時代考証までチェックしてくれます。

校正者は小説のゴールキーパーであり、心強い存在です。

ですが、例外もあります。

ライトノベルでの体験なのですが、男子高校生のくだけた話し言葉や、ヒロインの特徴的な話し方など会話文すべてを、正しい敬語に直した校正者がいました。

誤用でもない文章の味にもすべて訂正が入っていて、鉛筆で真っ黒になっていました。しかも「小学校で学ぶ文法です」と断り書きがあり、助詞はどうの助動詞はどうの副詞はどうのと文法のご教示まであリました。それでいて、誤字の訂正のチェックや漢字の開きの統一については適当でした。

私は担当者に抗議しました。

「小学校で学ぶ文法のご教示は、ゲラでやってくださらなくても大丈夫ですよ。この赤の通りに直すと売れなくなります。これはライトノベルです。児童文学でもなければ純文学でもありません」

「わかつき先生のご不快はもっともです。この校正者が担当すると、作家さんみんな怒るんです」

編集者は困り果てているようでした。

「みんなですか？」

「はい、不愉快な校正は無視してくださっていいですから」

小さい出版社は、校正を外注します。校正を専門に行う会社があるのです。校正会社はきちんとした仕事をしないと次の仕事が入りませんから、会話文を敬語に直したり文法のご教授や誤字の見落としなんてありえません。

ですが、大きい出版社は社内に校正チームがあり、手が空いた人が校正します。その社では純文学や児童文学も出していて、純文学と児童文学が好きな校正者にたまたま当たってしまったようです。

その校正者は、定年間際のベテランの女性の方だそうです。ライトノベルの平易な文章や、高校生のくだけた話し言葉が許せなくて、正しい敬語と美しい日本語に直そうとして一生懸命になるあまり、誤字のチェックを忘れてしまうそうです。

しかも校正部は、社内でも一目置かれるチームであり、ライトノベルの若い担当者はベテラン校正者に苦情を言うことができないようなのです。

その社でライトノベルを書く作家の多くが被害に遭っていて、担当者もどうしていいかわからないようでした。

こういう場合、校正者のアドバイスを全部聞く必要はなく、「だってさあ。先生、困るじゃん。俺さぁ、そういうのってむかつくんだよね」が「ですが先生、困ります。僕はそうした行為は腹立たしく感じます」と赤が入っていたら、校正者チェックに×をつけ、「ママ」と書いておきます。ママというのは原稿のままです、という意味です。

小説の「内容」に赤を入れられるのは編集者だけ。校正者は「文章」のチェックをするだけであくまで黒子。小説に責任を持つのは作家です。

校正者のチェックは、おかしいと思ったら無視してもかまいません。

私はその後、文法を練習するために、国語の参考書を買ってきて、小学校から大学受験まで学び直しました。

勉強の機会を与えてもらえてよかったと思うことにしています。

ゲラを投函したら、著者がすることはすべて終わり。

あとは本が出るのを待つだけです。

小説を書いている時間より、編集者と打ち合わせをしたり、企画書を書いたり、直しをしたりしている時間のほうが長いのではないかと思うほどです。

作家業は以外と「待ち」が多いんですよ。

専業作家にとって、この「待ち」は苦痛ですが、副業としては優れていると言えるでしょう。

私は専業作家ですが、ライトノベル、時代小説、ジュブナイルポルノ（若い読者向けのポルノ）、ポルノ小説、乙女系（女性読者向けのポルノ）、実用書などを平行して書いて待ち時間をなくすようにしています。

プロになっても、会社を辞めるのは、複数のジャンル、複数のレーベルにまたがって書くようになってからにしましょう。

⑦見本誌ができあがる

書店に本が並ぶ少し前、見本誌が送られてきます。

見本誌は書店に並ぶ本とまったく一緒です。

送ってくる冊数は各社違っていて、10冊以上だった版元もあれば、3冊だけということもありました。平均は10冊です。

刷り立てのインクの匂いがする本を開く瞬間は、作家にとっていちばんうれしい瞬間です。

ざっと読んで、誤字がないかチェックしておきましょう。もし誤字を見つけたら鉛筆で丸をつけ、付箋を貼って保存しておきましょう。

増刷のときに誤字を直してもらうことができるからです(売れなかったらそのままです)。売れ行きが良くて在庫がなくなり、まだまだ売れると判断されたら増刷（重版）がかかります。

増刷はその名の通り、刷り増しをすることです。

増刷は3000冊ぐらいです。

▼700円×8%×3000冊＝14万7000円

14万円~20万円の臨時収入です。増刷はうれしいですね。売れてることの証明ですから。

見本誌はお友達にあげたりせず、手元に置いておきましょう。はじめてお逢いする編集者には、自著を渡しましょう。**自著は最高の名刺**です。

⑧配本日がやってきた

待ちに待った配本日が来ました！　ですが、まだ書店には行かないでください。まだあなたの本は書店の店頭に並んでいません。

配本日は、刷り上がった本を乗せた流通会社のトラックが、印刷所から書店に向けて出発する日です。

書店は全国に13000店舗あります。東京近辺から順番に並びはじめ、北海道や沖縄の書店に到着するまで2日ほどかかります。

本が書店に配本されても、書店員さんが段ボールから本を出して店頭に並べる作業が必要になります。

東京など流通事情のいいところは、配本日の夕方から書店に並ぶようですが、私の住んでいるところは奈良なので、2日目ぐらいにようやく発売が開始されます。

⑨採算率がよかったら次の依頼が来る

書店で本が買われるたびに、バーコードリーダーから大手書店と出版取次のデーターベースに、情報が蓄積されていきます。

このデーターベース、ただ数字をカウントするだけではないんです。××市の大学生協の図書館で、就活の本と一緒に男子大学生が買った、ということまでわかるそうです。

1週間から10日目ぐらいで、返本がはじまります。

そのため、編集者は、配本の3日目ぐらいから10日後ぐらいまで、売上データーを注視しています。

編集者が知りたいのは採算率です。

編集者としても、採算率を大きく割るような作家には、次の依頼をためらってしまうのです。売れない作家は取次も嫌がります。

まずは、2作目の依頼が来る作家を目指しましょう！

兼業作家の日常

私はエロライターでデビューしてから4年目にフランス書院ナポレオン大賞を受賞しました。デビュー後6年ほどは派遣社員やアルバイトとの兼業だったのですが、軌道に乗ってからは、専業で仕事をしています。今は小説教室の先生や通信添削をしていますが、ほぼ専業です。

ですが、私のような専業作家は珍しく、作家のほとんどは兼業です。

これはポルノに限ったことではなく、小説家という人種すべてに言えることです。

新人賞を取った新人作家に、編集者がはじめての打ち合わせで言うことは「仕事は辞めないでくださいね」です。

作家業は不安定な職種で、成功するかどうかわかりません。

なので、編集者は兼業を勧めるのです。

会社員とポルノ作家を兼業するなんて、物理的に可能なのでしょうか。

会社員であるみなさんは、定時に帰ることのできる日のほうが少ないのではないでしょうか。

書き下ろしの仕事に待ち時間が多いことは、すでに書いた通りです。

あらすじを出しては返事を待ち、企画書を出しては返事を待ち、企画会議の返事を待ち、偉い人チェックの返事を待ち、初稿を納品したら直し指示を待ち、二稿を納品したらまた返事を待ちます。

執筆には時間が取られますが、私の知り合いの兼業作家は、それぞれ工夫をして、限られた時間で小説を書いています。

メモを使って早く書く方法

私の友達の作家はOLですが、証券会社に勤めていて残業の多い職場です。彼女の執筆時間は、家に帰ってからの30分ほどと、週末の一日だけ。土日のどちらかは休んでいるそうです。

彼女は創作ノートを鞄に入れて持ち歩き、電車の中やランチタイムの社員食堂で、小説の続きをメモするのだそうです。

セリフや地の文（セリフ以外の文章のこと）など、思いついたことをすべてメモしていくそうです。彼女は絵が書けるので、イラストを書いたりもするそうです。

そして、そのメモを見ながら執筆します。

すでに書く内容は決まっているので、ただひたらすらパソコンを叩くだけ。

そしてメモの内容を書き終わったら、今日の執筆は終わりにするそうです。

私はパソコンの前に座っても、次の展開が思いつかず無為に時間を過ごすことがあります。筆が進まないのでなんとなくネットを見てしまって、ふっと気づくと2時間ほど過ぎていたということも往々にしてあります。

ですが、彼女の場合、次の展開はすべてメモに書き上げてあるので早く書けるのです。

平日は小説をどんどん先に進めていき、戻って直したりしない。

日曜日などゆっくりした時間に見直しをするそうです。

彼女はそのやり方で、年に2冊の書き下ろしを出版しています。

脚本を作ってから書く方法

ある先輩作家は、家電を配達し工事して取り付けをする仕事をしています。一日中車に乗って顧客から顧客を回り、冷蔵庫の修理をしたり、エアコンの取り付け工事をしたり、忙しい仕事です。通勤時間や昼休みにメモを取ることもできません。

先輩作家は、小説を書くとき、企画書にエピソードを書き足し、さらにセリフだけを書きこんで、脚本をはじめに作ってしまうそうです。

作家は企画書にOKを貰ってから執筆に取りかかるのですが、その企画書に細かいエピソードを書き足していき、セリフを書き足していく。

舞台の脚本のようなものができあがったら、地の文を埋めていく。

私にはできないやり方ですが、先輩作家はそのやり方で長編小説1冊を1ヶ月で書くそうです。

Chapter 2

ポルノ小説の疑問に答えます

AN ENCOURAGEMENT OF SUNDAY PORN WRITER'S

ポルノ小説の編集者って怖いんじゃないの？

ポルノ小説の編集者ってなんか怖そう。ヤクザなんじゃないの？　そう思っている方はいらっしゃいませんか。

実は私がそうだったんです。

ポルノってアングラなイメージがありますよね。私は女性で、ポルノ小説に対する知識がほとんどなく、先入観で警戒していました。

ですが、実際にお逢いしたポルノ小説の編集者は、ごく普通のおじさんでした。拍子抜けするほどに普通だったのです。

出版社はマスコミです。マスコミは文系の大学生の憧れの就職先です。優秀な学生しか採用しません。

しかも現在は出版不況で、どこの版元も編集部は少数精鋭になっています。優秀な方しか残っていません。

困ったことをする編集者もいますが、私の経験では、非常識な編集者はライトノベルに多いように思えます。ライトノベルは急速に膨張したせいで、編集者の練度が低いのでしょう。ライトノベルは若い人が読む小説なので、若い編集者が配属されるのも、社会常識に乏しい編集者が散見される理由でしょう。

ポルノ小説の編集者はほとんどがまともです。

ポルノ小説の出版社ってヤクザが経営しているの？

ポルノ小説を出版している出版社は、まともな会社です。

乙女系（中高年女性向けポルノ小説）のヴァニラ文庫は、ハーパーコリンズジャパンが出版しています。聞いたことのない方のほうが多いでしょうが、ハーレクイン社が社名変更したというと、ああ あれか、と思って頂けるのではないでしょうか。ハーパーコリンズジャパンは、世界第二位の総合出版社の日本法人です。

ポルノ小説のアウトロー文庫を出しているのは幻冬舎。

電子書籍のジュブナイルポルノ、オシリス文庫を出しているのはKADOKAWAです。

eシフォン文庫を出しているのは集英社です。

双葉社、竹書房、宝島社もポルノ小説文庫を出しています。

ポルノ小説って全部同じなんでしょ？

はたから見たら同じに見えるポルノ小説ですが、実は対象読者が違っていて、いろんなジャンルがあります。

◇フランス書院文庫やマドンナメイト文庫等のきわどい表紙のポルノ小説レーベル
40代～50代の男性会社員向けです。キオスクでもよく売れています。出張のサラリーマンが購入します。

◇双葉社や竹書房、宝島社、イーストプレス悦文庫、幻冬舎アウトロー文庫など、表紙がソフトで一般小説のような体裁で発売されるポルノ小説レーベル

フランス書院よりやや年配の、50代～70代の男性会社員もしくは男性定年退職者が読者対象で、文字が大きく印刷されています。

◇時代官能小説

エロシーンの多い時代小説です。50代～70代の会社員、定年退職者が読者対象です。

◇ジュブナイルポルノ

20代から30代の若い男性読者を対象にした文庫。美少女文庫、二次元ドリーム文庫などのイラストを多用したもので、ライトノベルやアニメ、漫画と親和性が高いです。

◇ウェブ小説を書籍化したなろう小説

ノクターンノベルズからランキングの高いものを書籍化したものです。文庫ではなく、ソフトカバーの大判で展開されます。値段は高めです。

◇乙女系小説

30代～50代の中年女性を対象にしたもので、純粋無垢なお嬢様が王子様や社長やホテル王に愛されて、地位も名誉もお金も与えられて幸せになるお話です。

表紙は30年ほど前の少女漫画のように、花が多くあしらわれ、愛らしいピンク色でかわいらしく作られています。

エロシーンが多いハーレクインロマンスです。

値段は安めです。女性は値段に敏感で、高い本は買わないからです。

私はなろう小説以外の全部のジャンルで出版しているのですが、ジャンルによって求められるものが違います。ツボがそれぞれ違うのです。

ツボの違いは、作家の得手不得手にかかわってきます。

私はジュブナイルポルノは得意ですが、乙女系は苦手です。

私は宝石もフリフリドレスも好きですが、自分の金で買いたいです。自分の未来は自分で切り開きたいと思っています。

そのため、乙女系の、ヒロインは何もしなくても王子様に金を与えられるという展開に憧れることができないのです。

反面、大好きな男性にはどんなことでもやってあげたいという思いがあり、だからこそジュブナイルポルノで売れてるのだと思います。

男性だから男性向けポルノ小説が書けるとは限らないし、女性だから乙女系に向いている、というものでもないのです。

私は男性向けを書く女性作家ですが、女流ポルノ作家は10人に1人の割合で存在します。乙女系を書く男性作家も、1割ほどいるんですよ（ただし、彼らは自分の性別を伏せて女の子っぽいペンネームを使っています）。

自分に合うジャンルを探しましょう！

ポルノ作家ってエッチな体験をいっぱいしているの？

それでは質問します。ミステリー作家は殺人をしているのでしょうか？　ホラー作家は死体を解体しているのでしょうか？

もちろん答えは、していません。殺人や死体解体は作家の想像力によるものです。

私は小説でアナルセックスやSMプレイを書いていますが、私自身はアナルセックスもSMプレイも未体験です。

だったらどうしてSMプレイが書けるのかというと、私は団鬼六、千草忠夫、由紀かほる、綺羅光、館淳一など、諸先生方のSM小説が好きでした。**諸先生方の小説に、私の想像力を加えて、私なりの文章表現を追求してできあがったものが私の小説**です。

エッチな妄想が好きな人は、想像力が豊かな人です。エッチな想像力さえあれば、ポルノ小説が書けます。

処女でも童貞でも、高校生でもお年寄りでも、主婦でも会社員でも書けます。かつて、フランス書院では、16歳の現役女子高校生ポルノ作家がいたんですよ。今、あなたが読んでいるポルノ小説も、10代の少女が書いた小説かもしれません。

ポルノ作家ってお金めあてでエロを書いてるんでしょう？

私はお金がほしくてポルノ小説を書きはじめました。ビジネスとして小説家をしています。仕事に相応しい報酬をもらうのは当然です。ポルノは大売れはしませんが、爆死はありません。

「美少女文庫なら発売日に全部買う」という熱心な読者さんに支えられているため、一般小説にたまにある、まったく売れないようなケースはまずないのです。

ライトノベルより時代小説より、ポルノでデビューするほうがお金が儲かります。ですが、お金だけで小説を書いているわけでもないのです。

乙女系を書くある女性作家は、離婚してお子さんを育てていらっしゃいます。働かず家事もしないご主人に困らされていたから、王子様が何もかもを与えてくれる乙女系を書いていると楽しいそうです。読者さんと自分自身に、夢を提供したいのだそうです。

ロリものを書いていた男性の先輩作家は、ロリは幼い子をいたぶる小説ではない。かわいいものを慈しむ気持ちだ、と言っていました。先輩作家は独身で子供がいません。ロリを書いていると優しい気持ちになるんだ、と言っていました。

男性で乙女系を書いているなろう作家は、恋人を喜ばせるために、連載が止まったネット小説の続きを書いたことが、小説を書くきっかけだったといいます。

恋人とは別れてしまったそうですが、彼は女の人がかわいくてならず、女性読者を喜ばせたくて小説を書いているそうです。

ハード系のSM小説を男名で書く女性作家は、ご主人が電機メーカーの主事研究員で、社宅暮らしをしています。一見幸せそうですが、三度も流産し、子供連れの主婦が嫌いでご近所の主婦たちをモデルにハードな小説を書いたそうです。

エロライターとしてスタートして一般小説に移行し、直木賞を取ってからはポルノを書いていた過去を隠している女性作家は、「金も地位も持っていて、顔もスタイルも良くて、男にもてる女が許せない。何でも持っている女には鉄槌を下さなくてはならない」という思いでSM小説を書いたそうです。

やむにやまれぬ衝動に突き動かされて、ポルノ小説を書いている作家たちも多いのです。

離婚してお金がほしい。女の人が好きで愛しみたい。同性が憎い。読者を楽しませたい。

自分自身と読者さんに夢を提供したい。

もしもあなたにそうした衝動があるなら、あなたはポルノ作家として大成します！

ポルノ小説って、エロさえ書いておけばいいんでしょ？

ポルノ小説で大事なのはエッチさであり、実用に供しないポルノ小説に価値はありません。

ですが、**ポルノ小説は、エロだけではだめ**なのです。

今はエッチな媒体はいくらでもあります。インターネットを使えば、無料でエロ動画を見ることができます。

なのに、なぜ、読者さんはわざわざポルノ「小説」を読むのか。

AVやエロ画像やエロゲー、エロコミックにはない、ポルノ小説だけの楽しさがあるからではないでしょうか。

それはいったい何なのでしょうか。

小説は文字しかありません。ジュブナイルポルノと乙女系はイラストがありますが、フランス書院文庫や幻冬舎アウトロー文庫は表紙イラストだけです。

ポルノ小説で興奮するためのには、文章を読んで映像を思い浮かべ、触感や匂いや声を再現しなくてはいけません。ポルノ小説の読者さんは文章を目で追うだけで、ヒロインの声が聞こえてくると言います。

ポルノ小説の読者さんは、知的レベルの高い大人の男性です。文章を読んでエロい気分に浸るためには、読者さんの側に高い教養が要求されるのです。

読者さんは、自分自身が主人公になって、ヒロインを自分の理想の女性に置き換えて読んでいます。画像がないからこそ、読者さんは自分の好みの女性を思い浮かべることができるのです。

AV女優がどれほど美しくても、「読者さんにとっての理想の女性」が「大好き」と言って甘えてくれることほど、魅力的なものはありません。男の夢の世界ですよね。

私は最近、ポルノ小説の読者さんは、抜くためではなく、夢を見たいからポルノ小説を読んでいるのではないかと思うようになってきました。

乙女系の、宝塚の男役のような汗臭さのない王子様に愛されて、君は何と魅力的なんだと抱きしめられ、お金も身分も将来の安心も手に入れる。それはパートと家事に疲れた主婦の夢です。

年上のお姉さんが、「あなたはがんばってるわ。私が何もかもやってあげる。あなたは何もしなくてもいいのよ」と優しく抱きしめて教えてくれる。それは、疲れたサラリーマンの夢です。

生意気な女性上司を自分の男根で屈服させてアンアン言わせる。それは上昇志向の強い若いサラリーマンの夢です。

学園のアイドルが僕を好きだと言って、一緒にデートして、「あなたがずっと好きだったの」と甘えてきて、身体を開いてくれる。それは男子高校生の夢です。

あなたがもしもそうした夢を持っているなら、あなたはポルノ作家として成功します！

ポルノ小説を書くと抜けられなくなる？

ポルノを書くと抜けられなくなるんでしょ？　と作家仲間から真顔で聞かれたことがあります。吉原の遊女の脱走や、ヤクザの足抜けじゃあるまいし、と笑ってしまいました。

どうしてこういう噂が生まれたのかは想像できます。

私は2001年にフランス書院ナポレオン大賞を取り、わかつきひかるとしてデビューしました。

デビュー当時のことですが、フランス書院でデビューした作家は、フランス書院のペンネームで他で書いてはいけないという不文律がありました。他で書くときは、ペンネームを変えなくてはならなかったのです。

フランス書院のポルノ作家全員が、いっさいフランス書院以外で書かず、しかも継続してフランス書院で書き続けているのですから、ポルノを書くと抜けられなくなる、という都市伝説ができても不思議ではありません。

ですが、今は、フランス書院では囲い込みはなくなっています。それどころかフランス書院は作家を応援してくれます。時代小説もライトノベルも実用書もどんどん書けと、編集部の紹介までしてくださいます。

こうした囲い込みは、出版業界ではよくあることです。

ハヤカワSFコンテストの募集要項から引用します。

> 受賞作および次々作までの出版権、ならびに雑誌掲載権は早川書房に帰属し、出版に際しては規定の使用料が支払われる。

「受賞作および次々作までの出版権」「雑誌掲載権」を「早川書房に帰属」とはっきりと書いてあります。

(出版権というのは、著作権のひとつで出版する権利です。この権利を押さえないと、出版社は本を出版することができません)

受賞後3作目までは早川書房で以外で書いてはいけない、という意味の囲い込みです。

早川書房は受賞後3作目までになっていますが、受賞後3年とか、社によって決められているところは他にもありますよ。

これは、**たとえ新人の小説が赤字でも、3作目までは出版します。あなたを売り出して一人前の作家に育てます。売れる作家になってから、他社さんでどんどん書いてくださいね**、という意味で、作家にとっては悪いことではないんです。

ポルノを書くと抜けられなくなるというのは、都市伝説にすぎません。

ポルノ小説を書くと色がつく?

色がつく、すなわち、ポルノ作家だと色眼鏡で見られて、ポルノ小説以外書けなくなることを意味します。

昔は、ポルノ小説のレーベルは囲い込みをやっていたこともあって、一般小説を書く場合はペンネームを変えていました。

私は同じペンネームで、ライトノベルも時代小説も書いています。

ポルノ小説と同じペンネームでライトノベルを書くのは珍しく、ライトノベルに営業すると、「ポルノ作家は新人賞に出してください」と言って電話を切られました。3社連続で電話を切られて、4社めに電話をかけたHJ文庫でやっと応対して頂き、無事にライトノベル作家デビューしました。

今は、出版社の側に抵抗がなくなったようで、同じペンネームで書く作家が増えています。また、ライトノベル作家が同じペンネームでジュブナイルポルノで書くことも増えています。偏見はなくなってきたのかなと思っています。

それでも、色眼鏡で見てくる人はやはりいます。

私のジュブナイルポルノの華道のエピソードが間違いである、とメールが来たことがあります。

聞いたことのない説だったので調べたところ、大御所時代小説作家の小説に同じエピソードがありました。

私は華道を6歳の6月6日からはじめ、以来40年以上、趣味として続けています。華名を持つ師範代でもあります。

その人にとっては、花切り鋏を持ったこともない大御所時代小説作家のエピソードは正しくて、師範代である私が膨大な時間とお金をかけて研鑽してきたことは間違いなのです。ジュブナイルポルノ作家だから間違いだというのです。

私の時代小説のアマゾンレビューに、ライトノベル作家だから時代考証をしていないと書いた人がいます。公家言葉が違う、というのです。聞いたこともない説だったので調べたところ、有吉佐和子の『和宮様御留』でした。40年前の小説です。

40年で言語学は進歩し、研究も進んでいます。その人にとっては、有吉佐和子の書くものはすべて正しく、言語学者の最新の学説に基づいて書いた私は「ライトノベル作家だから」間違いなのです。

有名作家の言うことだから正しい、ポルノ作家（ライトノベル作家）だから間違いというのは偏見を通り越して差別ですね。

ですが、差別意識の強い人はごく一部です。

作家は売れるか売れないか、それがすべて。

ポルノ小説で売れる作家は、読者さんが喜んでくださるようにと考え続ける作家です。そのため、ポルノ作家から一般小説に転身した作家は成功します。

ポルノ小説出身の作家さん、けっこういるんですよ。直木賞を受賞して、ジャージで受賞会見に臨んだ女性作家さんも、ポルノ小説出身です。

ポルノ小説を出版すると会社に副業がバレて問題になるんじゃないの？

副業禁止の会社は多いと思います。たとえ副業が許可されている会社であっても、ポルノ小説を出版したことをおおっぴらにはしたくない方もいらっしゃることでしょう。会社に副業がばれるのは税金、それも所得税ではなく住民税です。

- **確定申告を自分で行い「住民税の徴収方法の選択」を「給与から差引」ではなく、「自分で納付」にする**
- **小説の仕事で赤字を計上しない**

この二つだけ気をつけたら、会社にはばれません。

まず給与所得者の税金についておさらいをします。

会社員や公務員、パートやアルバイトなど給与所得者は、所得税を毎月源泉徴収されています。

私は新卒で入社した会社で、初任給の給与明細を見て、税金だの失業保険（雇用保険）だの厚生年金だの健康保険だの、いろいろ引かれているのを見て損をした気分になりました。みなさんはいかがでしたか？

源泉徴収は、「この月給を1年間貰ったら税金はこれ位だろう、前月の月給をこれだけ貰っているから賞与からはこれだけ税金を引いておこう」というだいたいの額で税金を徴収されています。

だいたいの線なので、1年が終わってみないと年収がわかりません。

たくさん税金を取りすぎた分は、扶養控除や社会保険料控除など控除するべき額を引いて、12月に年末調整で返してくれます。なので、12月はちょっぴり振り込み額が増えてます。私が勤めていた会社は25日に振り込みだったので、クリスマスプレゼントを貰った気分でしたね。

そして入社2年目から、振り込み額が減ります。えーっ、どうして？　間違えてるんじゃないの？　と驚いたのですが、住民税を取られているからでした。

住民税は、前年度の所得に応じて決まるので、2年目から住民税が取られるのです。

実は小説の印税も、源泉徴収されています。

新人の場合は、1冊出版して50万円ほどの印税になります。

出版社は印税を振り込むさいに、所得税をあらかじめ引いて（源泉徴収して）残りの額を振り込みます。

所得税は10・21％です。昔は10％だったのですが、震災の復興に充当するためとして、平成25年から復興特別所得税が0・21％多く取られるようになりました。

ですが、この税金、経費を考えてないんです。

1冊小説を書くのには、経費がかかります。

編集部に打ち合わせをするために東京に行くための交通費、宿泊費。

カフェで取材をするときのコーヒー代。

ゲラを送るための宅配便代。

ヨガインストラクターを題材にした小説を書きたくてヨガを習いに行ったらその授業料。

パソコンを買ったならそのパソコン代。

レーザープリンターのトナー。

小説教室に通ったらその授業料。

小説やゲームの購入費。

空手女子をレイプする小説を書きたくて空手映画をレンタルしてきたらそのレンタル代。

キャバクラやフーゾク、ラブホテルを取材したのならその費用も。

メイドものを書くために、メイドさんのティーサービスが見たくて、ホテルレストランのアフタヌーンティーを食べたらその飲食代。

アイドル歌手をヒロインにした陵辱物を書きたくてコンサートに出かけたのなら、そのチケット代も経費になるでしょう（ですが、コンサート会場で買ったグッズ代や、総選挙のために大量買いしたCDは経費にならないと思います）。

ガソリン代。

自転車の駐輪代。

家賃、水道光熱費、携帯電話代、インターネット接続費、インターネットプロバイダも経費ですが、仕事に必要な割合を按分《あんぶん》します。按分とは難しい言葉ですが、割合に応じて割り振るという意味です。

携帯電話は私用、すなわち、友達や家族に電話している分と、仕事用で使っている分がだいたい半分ぐらいなら、半分だけ按分するのです。

私は家賃と水道光熱費は半額、携帯電話代、プロバイダ、インターネット接続費、固定電話などの通信費は7割を経費にしています（千葉に住んでいたときは電話代を半額にしていたのですが、奈良から東京に電話するのには電話代がかさむので、7割にしています）。お住まいの地域や個人によって違いますので、仕事とプライベートとどれ位の割合で使っているかチェックしてみて下さいね。

なお、上水道は半額だけ経費にしていますが、下水道は仕事には関係のない支出だと思うので経費にしていません。

1年間レシートを溜めておき、交通費とか事務用品費とか、項目ごとに合計してメモを取ります。

そのメモと出版社から送られてくる支払調書、通帳と印鑑、会社から貰った源泉徴収票、医療費が多くかかった人はその領収書、もしも火災や地震などの災害に見舞われたら罹災《りさい》証明を持って、確定申告の受付をしている時期に、最寄りの税務署、または税務相談会に行って確定申告してください。

やり方は職員さんが教えてくれます。

確定申告とは、**去年の収入額は××円で、所得税を××円払いました。ですが、経費として××円使っていますから、結局儲かった分はこれだけです。つきましては税金を払いすぎていますので、払いすぎた税金を返してください（税金を少なく払っていますので、足りない分の税金をお支払いします）**と知らせる手続きです。

脱税はだめですが、節税はOKです。仕事のために使ったお金は経費にしましょう。

大売れした作家は別ですが、あんまり売れない作家の場合、税金を払いすぎているケースがほとんどなので、還付金が払い込まれますよ。

そのさい会社に副業を知られないよう、平成□□年分の所得税および復興特別所得税の確定申告書Bの第二表、下から四段目の「給与・公的年金等に係る所得以外（平成□□年4月1日において65歳未満の方は給与所得以外）の所得にかかる住民税の徴収方法の選択」を「自分で納付」に○をつけてください。

ここを空白にしたり、「給与から差引」に○をつけてしまうと、給与から差引にされてしまい、会社にばれてしまいます。

◇確定申告書Ｂ　第二表

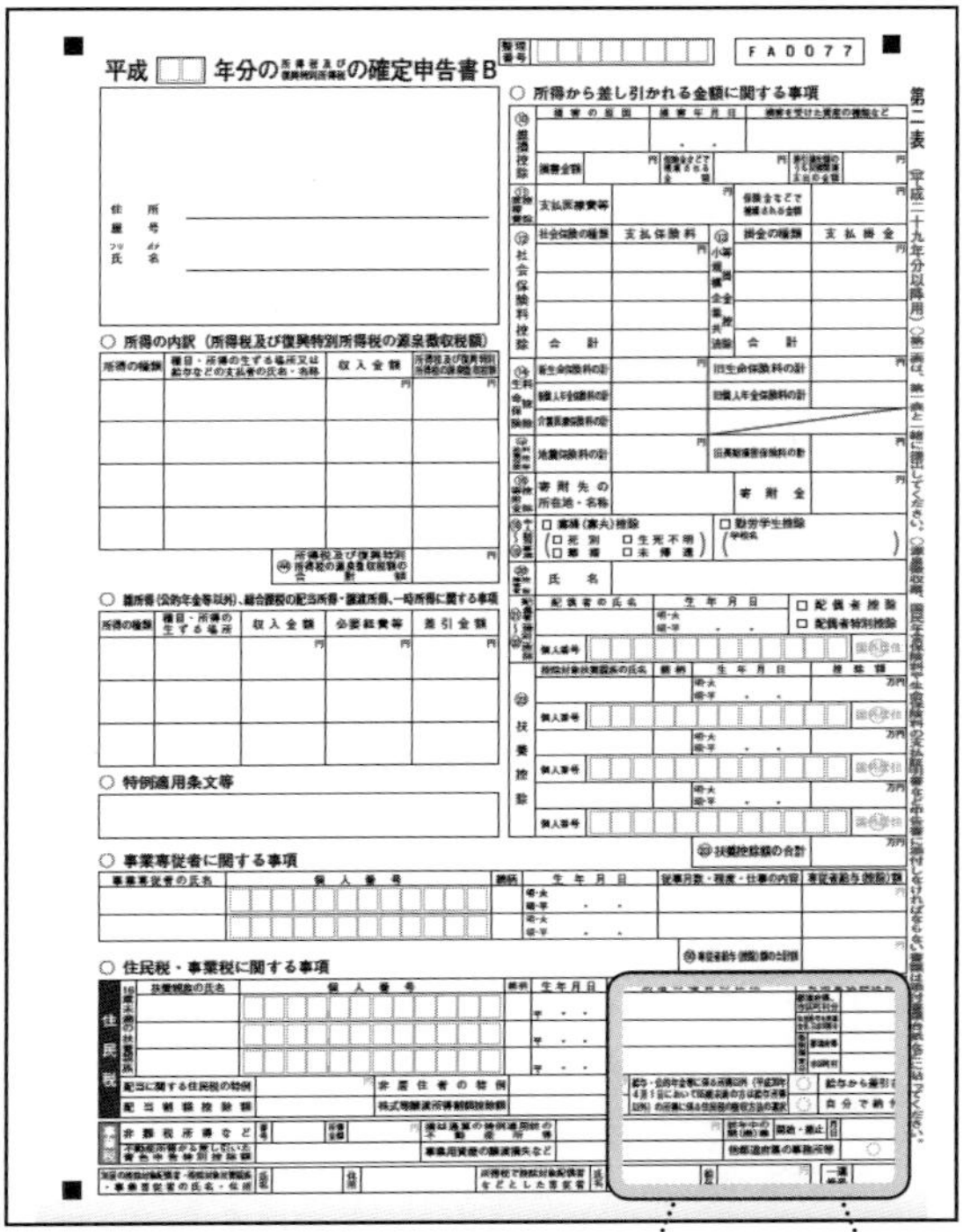

◇拡大図

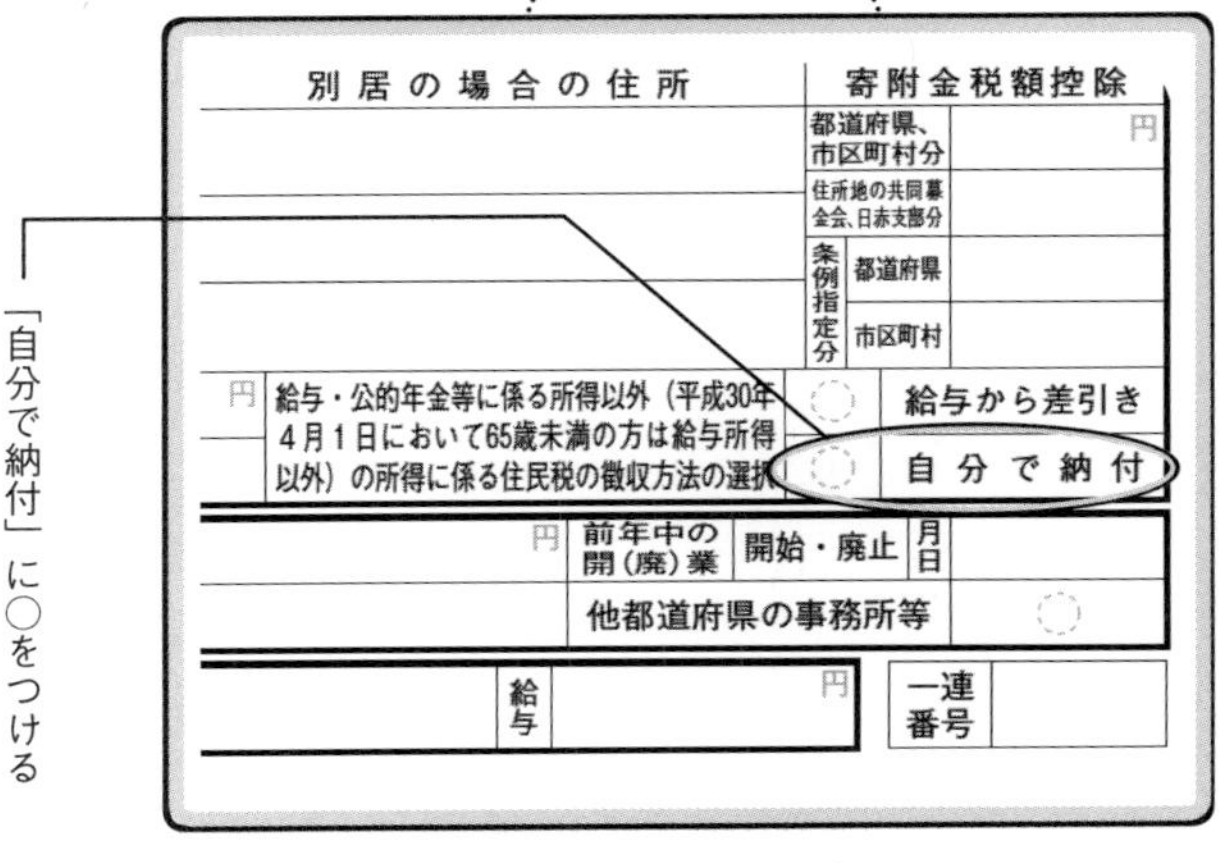

確定申告をして、住民税を「自分で納付」にしても、会社にばれてしまうことがあります。**それは、節税をしすぎたときです。**

執筆で100万円の赤字が出たとき、会社からの給与所得から100万円の所得を差引いて税金を算出します。

住民税が減ると、会社の経理社員が気づきます。役所からの住民税の通知には事業所得のマイナス（赤字）によって住民税が減額されることが記載されているからです（もちろんどんな事業かは書かれていませんので、マドンナメイトで「人妻花びら巡り」を出版し、印税収入があったことまではわかりません）。

会社にばれずに執筆活動をするためには、執筆で使う経費を赤字にしないこと。

たとえ執筆活動で赤字が出ても、赤字計上はやめておきましょう。

余談ですが、もしもあなたが公務員なら、印税収入があることを上司に報告するほうがいいと思います。公務員は副業禁止ですが、小説は副業が認められているからです。

そして許可をもらいましょう。ルールを守って、堂々と小説を書きましょう。

小説の内容について聞かれたら、「恥ずかしいので内緒です」と言えばいいだけです。

SM小説の大御所団鬼六は、中学校教員をしながらSM小説を書いていたそうですよ。

マイナンバーは提出拒否しよう

いくら自分で確定申告しても、マイナンバーでばれるのではないかと、不安をお持ちの方はいらっしゃいませんか。

マイナンバーの提出は拒否しましょう。

出版社はマイナンバーを提出しろと封書を送ってきますが、私はその紙に提出拒否と書いて送り返しています。

何か言われたこともありません。

マイナンバーの回収は努力目標にすぎず、罰則もないそうです。

会社側はマイナンバーを集める努力をすればいいそうです。

出版社の経理は一般企業に比べるとミスが多いです。他人の印税が間違えて振り込まれたりします。自分を守るために、私は提出拒否をしようと思っています。

そもそもマイナンバーを提出しなかったら、ナンバーの流出は起こりません。

家族にポルノ小説を書いていることを知られたくないんだけど

私は専業作家ですが、親戚にもご近所にも作家だと言っていません。詮索されたくないからです。書店でアルバイトしていることになっています。啓林堂書店奈良店のレンタルオフィスを借りて小説教室をしているので、あながち嘘でもないんです。

21年間、誰にもばれていません。

家族にポルノを書いていることを知られるのは郵便物と電話です。

編集者に事情を話せば、郵便物は社名の入ってない茶封筒にするとか、親会社の社名入りの封筒を使うとか、電話は携帯電話とメールにして、固定電話には電話をしないなど配慮してくれます。

ですが、編集者も忙しいので、封筒をうっかり間違えて使ってしまうこともありえます。

作家の側も自衛しましょう。郵便物を局留めにするとか、郵便私書箱を使うとか、宅配便はコンビニ受け取りにするとか、バーチャルオフィスと契約するとか、やり方はいろいろあります。

おすすめは宅配ロッカーです。宅配便が来たときはメールをしてもらうように設定しておき、メールが来たら受け取り場所を自宅からロッカーに変更します。宅配便のドライバーさんはロッカーに入れてロックします。ロック解除ナンバーがメールされてくるので、ロックを外してロッカーから荷物を取り出します。

ポルノ小説にも流行があるの？

髪型や服装に流行があるように、ポルノにも流行があります。

ポルノ小説は二つの大きなジャンルがあり、景気に従って流行が変わります。

SMやレイプ、陵辱などのハード系（鬼畜系、オラオラ系）は景気の良いときに流行する。お姉さんが教えてあげるなどのソフト系（癒やし系、誘惑系）は、景気の悪いときに流行する。

景気が良くて仕事が順調なときは、男性読者に元気が有り余っていますので、鬼畜系を読んですっきりし、景気が悪くて仕事がうまくいかないときは、お姉さんが優しく抱きしめて教えてくれる誘惑系を読んで癒やされるそうです。

ですがあなたは、自分の好きなものを書いてください。

僕は女の人をレイプしたい。でも、現実にはできないから、レイプ小説を書きたい。そういう衝動がある人は、レイパーが、綺麗な女性を次々にレイプし屈服させるお話を書いてください。今はレイプものは売れないから誘惑系を書こうとは考えないでください。

あなたが強い衝動で書いた小説は、あなたと同じ好みの読者に刺さります。あなたにしか書けない迫力のあるレイプ小説を書いてください。

流行は変わります。

私は前に美容室で、美容師の先生に、どうして流行って変わるんでしょう？　と聞いたことがあります。

先生は、「時代が変われば景気も変わるんだし、みんなの好きなものも変わりますよ。流行っていうのは時代なんです」とおっしゃっていました。

今は誘惑系がよく売れていますが、いつか時代が変わります。

あなたの時代がきっと来ます！

市販のポルノ小説って、何でこんなに同じものばっかりなの？

ポルノ小説は集客ビジネスです。たくさんの人に買ってもらうことによって利益をあげています。コンビニやドラッグストア、レストランや遊園地と同じです。

コンビニの斜め向かいにコンビニがあるところって、「こんなにコンビニばかり集中してどうするんだろう？　共倒れになるんじゃないの？」と心配になりますが、利用客がたくさんいるところだから、お店が集中するのです。

それと同じで、大多数に好まれる商品を作ろうとするあまり、女教師ものばかり並んでいたり、熟女誘惑ものばかり並んでいたりします。ユーチューバーなど、珍しいヒロインの小説はそもそも企画が通らないでしょう。

ですが、売上は同じではないのです。

女教師ものが3冊同時に発売されると、よく売れる小説、ほどほどに売れる小説、あんまり売れない小説と3パターンに分かれます。

同じような表紙、同じようなタイトルの本が並んでいる中で、なぜ売上が変わるのか不思議だったのですが、作家の「これが好きなんだ」「私はこれが書きたいんだ」という熱い思いが、読者を引きつけるのではないかと私は思います。

女教師ものが好きで好きで書いている作家の、女教師ものは売れます。同じ趣味の読者さんに刺さるのです。

あなたが好きな小説を書くのが、成功の秘訣です。

市販のポルノ小説って、何でこんなにつまらないの？

それは、ポルノ小説が、ストーリーの要請から自然な流れでセックスするのではなく、エロが先にあって、エロシーンを際立たせるためにストーリーを作っているからです。

そのため、若くて清楚なヒロインが「オナニーしてるなんてかわいそう」とチンポにむしゃぶりついて中年女のように筆下ろしをしたり、無理のあるお話になります。

市販の小説がつまらない。そう思うあなたは、ポルノ作家に向いています。

あなたには、こういう小説が好き、こういう小説を読みたい、でも、売ってないから自分で書きたいという強い衝動があるのでしょう。

あなたの書きたい小説を書いてください。あなたと同じ好みの読者がきっといます。

官能小説狙いだった私がジュブナイルポルノを書いたのは、20年ほど前、あるジュブナイルポルノを読んで「怖い」と思ったことがきっかけです。

その小説は、三人姉妹と少年が同居するお話で、少年と二女はもどかしい恋愛をしています。

その少年に長女が「オナニーしているなんてかわいそう、私が教えてあげるわ」と迫ってきます。長女は恋人がいて、少年に対する恋愛感情はありません。小説の最後では、長女は恋人と結婚しています。

清楚でかわいらしいお姉さんが少年のオナニーを見た瞬間に、まるで人格が変わったように、ペニスにしゃぶりついてアンアン言うのです。

三女は「セックスに興味があるからお兄ちゃん教えて。でも処女膜は破らないでね、お兄ちゃんはエッチなことをするだけの相手。処女膜は未来の恋人にあげるの。お兄ちゃんより未来の恋人のほうが大事なの」と迫ります。

長女と三女と少年は3Pをします。

なのに唐突に二女と恋愛感情が盛り上がって結婚します。二女とのセックスは書かれません。長女と三女が結婚式に参列し祝福してハッピーエンドになります。この長女と三女、怖いです。

僕を愛してくれる三人姉妹とラブラブハーレム生活は男の夢でしょう。

エッチなお姉ちゃんは魅力的でしょう。

甘えてくる妹はかわいいでしょう。

でも二女を愛しながら長女と三女の誘惑に乗ってセックスする少年は情けないし、長女と三女が少年を誘惑する理由が異次元すぎました。

私が少年なら、バカにするなと怒り出すでしょう。

どうしてこの少年は、「僕が好きなのは××さんだ。お姉さんとはそういうことをする気はない。僕にもプライドがあるんだ」とはねつけないのでしょう。

「君が好きだから何でもしてあげたいの」「お兄ちゃんが好きだから、お兄ちゃんに処女を捧げたいの」という女の子のほうが魅力的ではないのか？　愛し愛された二女とのセックスを読みたい読者もいるのではないか？

ですが、この小説に限らず、当時のジュブナイルポルノには、愛がありませんでした。まるで恋愛を書いてはいけないというルールがあるかのように、愛のないセックスばかりでした。

純愛物を読みたい男性読者だっているはずだと私は思っていました。私は当時、エロゲー（パソコンで動作する18禁のゲーム）のシナリオを書いていて、エロゲーで純愛物が売れていることを知っていました。

そこで私は、少年と少女が出逢って恋愛しセックスするお話を書いたのですが、はじめに持ち込んだNノベルズでは「あなたは女だから、男性の好きなものがわからないのですね。女の書いた甘ったるい少女漫画のような小説が売れるわけはありませんが、いいイラストをつけて赤字にしないようにして出版してあげます」と言われて、「お預かり」にされました。

2年半放置され、問い合わせるたびにうるさがられ怒鳴られました。

Nノベルズは廃刊になりました。採算ラインに乗った本はほとんどないほどの大赤字だったそうです。担当者は退職しました。会社に大きな損害を与えた編集者は会社に居づらくなります。これは出版社も一般企業も一緒です。

私は、握りつぶされていた小説を、フランス書院に投稿しました。

結果は意外なことに大賞受賞でした。

信じられなかったです。

当時の編集長は、「まだ誰も書いてない話だね。これは売れるよ」と言いました。

編集長の予言通り、私の小説は売れました。

私の『My妹』は、美少女文庫歴代1位の売上を記録し、今もなお破られていません。

私は美少女文庫で、もっとも多く増刷をかけた作家です。

ジュブナイルポルノに純愛を持ち込んだのは、私がはじめてだったんですよ。

私の成功で「萌えと鬼畜」だった美少女文庫は、「LOVE宣言」に変わりました。

ポルノの流行を変え、次代のエースになるのは、市販の小説に満足できないあなたかもしれません！

Chapter 3

それはポルノ小説ではありません

AN ENCOURAGEMENT OF SUNDAY PORN WRITER'S

フランス書院文庫に投稿したい、乙女系でデビューしたいという方の小説を読ませて頂くと、エロシーンは書いてあるけどポルノ小説とは違うものになっている場合があります。初心者が陥りがちな失敗についてまとめました。

エロしかない

添削を頼まれた小説のなかに、エロしかない小説がありました。エロが9割、日常パートが1割という割合です。エロしかなかったのです。ページをめくってもめくってもエロエロエロエロ。すがすがしいほどのエロまみれでした。しかもヒロインの全員が女子大生。

ああ、エロシーンが書きたいんだな。女子大生が好きなんだな。書いていて楽しいんだろうな、という勢いのある原稿でした。

私はエロシーンを褒めちぎる一方で、ヒロインの魅力をもっと書いて、主人公のキャラ立てをがんばって、ヒロインが主人公とセックスする理由を読者に納得させてくださいとお願いしました。

ポルノ小説の読ませどころはサービスシーンです。エロシーンが満載なのはすばらしいです。ですが、エロだけだとだめなのです。

今は、**エロさえ書いてあれば何でもいいわけではありません。**

清楚なお姉さんが、少年のオナニーを見た瞬間にいきなり人格が変わり、「オナニーしてるなんてかわいそう」とチンポにしゃぶりつく小説が商業出版された時代は、20年前に終わったのです。

ジュブナイルポルノではビッチヒロイン（尻軽で誰でもセックスする女の子）が人気ですが、たとえ尻軽の女の子であっても、彼女が主人公とセックスする理由が必要です。

「オナニーしているなんてかわいそう。そんなに巨根なのにもったいない。私が教えてあげるわ」

「恋人と別れて寂しいのよ。オナニーするぐらいなら、私とセックスしてくれない？」

「オナニーしているなんて悪いコね。私がいじめてあげるわ。さあ足を舐めるのよ」

「恋人がかまってくれなくて欲求不満」

「生理前で発情しているの」

「あなたのチンポが黒光りしていて魅力だから、子宮が疼いてしまったの」

読者さんは、棚ぼたでいい思いをしたいと思っています。

ですが、棚ぼたは、唐突に起こってはダメなのです。棚からぼた餅が落ちるには、地震で家が揺れたとか、ぼた餅の置き方が不安定だったとか、猫が落としたとか、何らかの理由があるはずです。何もないのに、ぼた餅が落ちてくることはありえません。

ヒロインは魅力的に書きましょう。こんな魅力的な女の子とセックスしたいなぁ、と読者に思って貰わなくてはいけません。そのヒロインがどんな女の子なのかしっかりキャラ立てしないと、ヒロインが魅力的にはなりません。

そして、ラストに向かって盛り上がっていくよう、ストーリーを組み立てる必要があります。

エロと日常パートの割合は、６：４で充分です。

エロがない

ストーリーはしっかり書いてあるのですが、サービスシーンが二度ほどしかないという作品があります。エロと日常パートの割合が、１：９になっている小説です。

これはジュブナイルポルノに投稿しようと思う方に多いです。

ジュブナイルポルノは、若い男性（20代〜30代）に向けて作ってあるので、ライトノベルやアニメや漫画の影響を強く受けています。お話はライトノベルのように波瀾万丈にしっかり組み立ててあって、エロシーンになだれ込む流れも自然に書いてありました。

ですがエッチなライトノベルであり、ジュブナイルポルノではないのです。

私はこういう小説を書く方には、ライトノベルに投稿しましょうとお勧めします。

今はライトノベルでも、エロシーンのあるものがあります。

エッチなライトノベルとジュブナイルポルノでは作り方が違います。

ジュブナイルポルノはエロシーンを際立たせるためにストーリーを作ります。エロのためにストーリーがあるのです。ストーリーの要請からエロがあるライトノベルは、エロシーンが書いてあってもジュブナイルポルノではないのです。

陵辱系で悲惨にしてしまう

女性に多い勘違いです。

女性は、ソフト系よりもハード系、お姉さんが教えてあげる誘惑系よりも、美しいヒロインがいじめられる調教ものを書きたがります。女性がポルノを書くきっかけは、同性への復讐、それも何不自由ない幸せな女への憤りによることが多いからでしょう。

男性は、女性が愛しいからポルノを書く人が多いように思えます。そのため、男性作家の書く陵辱系よりも女性作家が書くほうがハードになるきらいがあります。

AVでも、男性調教師がいじめるSMものより、女王様がいじめるSMもののほうが過激になりますよね。それと同じです。

ハードな性描写はポルノ小説の華です。読者を引きつける魅力でもあります。女性作家の書く容赦のないSM小説が好きという読者さんもいらっしゃいます。

ですが、女性の作家志望者は、往々にしてやり過ぎてしまうようです。男性作家だと書かないところまで書いてしまいます。痛そうな描写が続き、気持ち良さそうに見えないのです。行きすぎたハード描写は、悲惨なだけの、抜けない小説になってしまいます。

男性読者が読みたいのは、ヒロインがボロボロになるお話ではなく、清楚なヒロインがエッチに乱れる様子であり、しめしめ、こんなにいい思いをすることができたぞという満足感なのです。

同性への復讐でポルノ小説を書く人は、書きすぎないようにしてください。

余談ですが、女性が書く誘惑物は売れるそうですよ。

女性が誘惑物を書くとき、読者さんを楽しませたいという思いで書くからだと思います。

同性への復讐で陵辱を書く女性は、自分の楽しさ（復讐心）を優先してしまい、読者さんへの思いが抜け落ちてしまうのではないでしょうか。読者さんを楽しませようという意識がないと、デビューすることはできても売れ行きが頭打ちになります。

復讐よりも愛のほうが、読者さんを引きつけるのだと思います。

憂鬱で貧相で悲しくて辛いお話は、乙女系ではありません

乙女系を書きたいという人の中には、憂鬱だったり貧乏だったり、貧相だったり、苦しかったり、悲しかったりするお話を書きたがる人がいます。

同性が嫌いで、小説で女性に復讐したいと思う人が、そういう小説を書くようです。

乙女系は、中世ヨーロッパの貴族社会や砂漠の国の王宮で、王子様や騎士に令嬢が愛されて、金も名誉も未来もすべてを与えられるお話です。パートや育児に疲れている主婦が、休憩時間に現実を忘れて楽しむ小説です。

ペットボトルのお茶とコンビニ弁当で、つつましいデートをする話は乙女系ではありません。

ヒロインが性的にいじめられるシーンがえんえんと続き、苦しがる描写が続くお話は、乙女系ではありません。

継母にいじめられるシーンばかりのシンデレラは、乙女系ではないのです。

読者さんが読みたいのは、シンデレラが王子様と結婚してからのハッピーな生活です。

最近ではヒストリカル（歴史ロマンス）だけではなく現代物もありますが、ヒーローはCEOや社長など、スペックの高い男性にしましょう。

主婦やOLの夢の世界ですから、宝塚やディズニーアニメのようなゴージャスでキラキラした舞台を作り上げましょう。

ヒーローはあくまでも格好良く、りりしく、ヒロインだけを愛します。

私は、**乙女系のキモは、ヒロインがヒーローに愛される幸福感**だと思っています。**エロシーンは、満ち足りた気分になるためのスパイス**なのではないでしょうか。

乙女系の読者は30代から50代の主婦やOLです。バブルを体験した世代も多いです。

ファミレスのドリンクバーではなく、王宮のアフタヌーンティーを。

公園でのジョギングよりも、豪華客船のスポーツクラブを。

高速バスより、飛行機のファーストクラスを。

ビーズの指輪よりも、ダイヤのネックレスを。

豪華でキラキラな世界を展開してください。

王子様に溺愛される幸せを小説で紡いで、家事に仕事にがんばっている読者さんを楽しませてあげてください。

乙女系なのに描写が足りない

乙女系で、王子様や王宮が出てくるにもかかわらず、豪華なイメージがなく、どこか貧乏くさい。しかもヒロインや主人公が何を考えているのかわからず、読者が感情移入できない。初心者の小説にありがちな失敗です。

それは描写が足りないせいです。

描写とは、物の形や状態、心に感じたことなどを、文字によって描き写すことを言います。

描写は3種類あります。

・情景描写（風景の情報）
・心理描写（登場人物の気持ち）
・外見描写（登場人物がどんな姿形をしているか）

映画であれば、大道具さんが用意したセットの前で、スタイリストが用意した服を着た俳優さんが、感情を込めて演技します。緊迫するシーンでは、ドキドキを盛り上げるよう、不穏な音楽がかぶさります。

漫画であれば、ベテランのアシスタントさんが背景を描き、漫画家さんが登場人物を描いて、ショックなシーンでは「がーん」という書き文字が被さったり、驚くシーンではメガネがパリーンと割れたりします。

小説は文字しかありません。視覚情報も、音声情報もないのです。

大道具さんの用意したセット、あるいはアシスタントさんが書いた背景の絵、登場人物の服装や顔形、俳優さんが演じる驚きであったり喜びであったりする感情を、文章で描写します。ネットで小説を書いている方や初心者の方はあまり描写をしませんが、描写をしないとわけのわからないお話になってしまいます。

とくに乙女系は、ヒロインの心理を丁寧に書く必要があります。読者さんはヒロインなって小説の世界を楽しむからです。ヒロインのためらいや恋愛のときめき、王子様に抱きしめられてうれしい気持ちを丁寧に書いてください。

また、乙女系は豪華な世界観を楽しむ物語ですので、ドレスのレース、ベルベットのすべすべの感触、宝石のつややかな冷たさ、王宮のシャンデリアの輝きや、舞踏会のダンスでドレスの裾がひらめく様子、フランボワーズタルトの甘酸っぱさ、メイドさんが入れてくれた紅茶の味、香水の芳香などを描写してほしいのです。

家事に仕事に疲れている読者さんを、豪華な世界に誘ってあげてください。

描写については後述します。

エロシーンがエロくない

エロシーンは、ポルノ小説で最も盛り上がるところであり、読ませどころです。

ですが、そのサービスシーンがエッチではない作品があります。

セックスシーンは書いてあるのになんだか事務的でエロくない。

私ははじめ、理由がわかりませんでした。

分析した結果、次のうちのひとつ、あるいは全部が当てはまっていることに気がつきました。

・視覚、聴覚、触覚、臭覚、味覚を書かない
・女性器を具体的に書かない
・キャラがぶれている（ヒロインの行動が唐突。主人公に共感できない）

ポルノ小説は官能小説とも言います。官能、すなわち**五官に訴えかける小説**です。嗅覚、視覚、聴覚、触覚、味覚が書かれていないと、事務的なエロシーンになってしまいます。

女子高生の甘酸っぱい汗の匂いや、つんと尖ったピンク色の乳首、ベッドがぎしっと鳴る音、人肌の温かさや、ぬるぬるした膣ヒダの感触、オレンジの味のファーストキスや、愛液のわずかにしょっぱい味を書いてください。

五官を書かないのは、女性に多いです。

女性がエロ妄想するとき、私を抱きしめてくれている男性のがっしりした腕や、たくましい胸板を思い浮かべても、ふんわりと盛り上がった雪白の乳房を思い浮かべることはないでしょう。

乙女系は生々しさがないほうがいいのですが、男性向けを書くのなら、五官に訴えかける文章にしないと、サービスシーンが無味乾燥になります。

性器を書かない人は多いです。とくに女性の作家志望者は全く書かない。私が読んだなかでは、ひとりも書いた人がいませんでした。ですが、男性読者が読みたいのは性器の描写。ちゃんと描写してください。

キャラがぶれていると、ヒロインが何を考えているかわからなくなり、魅力的ではなくなります。男性読者は、ヒロインには清楚でおしとやかであってほしいけど、淫乱であってほしいと思っています。

ヒロインは誰とでも寝る女ではなく、自分だけが独占したいと思っています。清楚ビッチが男性読者の理想のヒロイン像なのですが、清楚で淫乱という相反する要素を満足させるためには、キャラ立てをきちんとしないとだめなのです。

ポルノ小説は、一般小説以上にキャラ立てが大事なジャンルです。

主人公は魅力的に書いてください。

乙女系では、女性読者が共感できるかわいい女の子を主人公にしましょう。

読者は小説を読むとき、主人公になりきって読んでいます。

主人公がクールだったり、最低だったり、小狡いタイプだったりすると、読者と主人公のあいだに距離ができてしまいます。エロシーンが他人事になってしまい、エッチ度が下がります。

ジュブナイルポルノでは、昔は、主人公を平凡な普通の人物にしろ、と言われました。読者さんが感情移入しやすいからだそうです。

今は主人公を格好良く書いてください、と言われます。今はその方が読者さんが感情移入しやすいからだそうです。

今のライトノベルではチートヒーローが流行っていて、賢くて顔が良く不思議な力をもったヒーローが無双するお話が好まれるので、その流れだと思います。不景気が続き、せめて小説の中ぐらいは、強いヒーローに自分を重ね合わせたいと思うからでしょう。

魅力的な主人公像というのは、時代によって変わっていきます。ですが、どのように時代が変わったところで、**行動に一貫性があり、読んでいて納得できる登場人物は魅力的**です。

ポルノ小説は、エロを際立たせるために、無理のあるストーリーになる場合があります。ですが、それでも、キャラ立てはしっかりしてほしい。人間が書けているかどうかが大事なのだと私は思います。

（エロにつながらない）心理描写を書きすぎている

20年ほど前のことです。

あるポルノレーベルの原稿募集に応募したとき、「読んでないが不採用だ」と言われました。納得できず食い下がったところ、「女の書く小説なんて売れないんだよ。うちで書きたいアマは何千人もいる。あんたは何千人のひとり。電話なんてかけてきやがってうるさいんだよ」と怒鳴られました。そのため私は、新人賞狙いにシフトしました。おかげで私は、フランス書院、幻冬舎、宝島社で受賞しています。

読んでないけど不採用というのはひどいなぁ、女性であることは変えられないのに、と思ったのですが、ポルノ作家になりたい女性の方の通信添削をするうち、理由がようやくわかりました。

私も含めて女性の書き手に多いのですが、女性はヒロインの心理描写を詳細に書きすぎます。乙女系ならいいのですが、その心理描写が男性読者を不愉快にさせる方向への書き込みであった場合、それはポルノ小説ではなくなります。

女性は、調教ものなど、ハードなものを好んで書きたがります。前述したように、女性がエロを書くときのモチベーションが、同性への復讐であることが多いからでしょう。

調教されて悔しがっていたり痛がっていたりするヒロインの心理描写がえんえん続くと、男性読者には辛いです。

ハードなセックス描写が書いてあっても、それはポルノ小説ではないのです。

また女性は、誘惑ものを書くとき、誘惑する理由が女性同士のライバル意識や嫉妬だったりして、男性読者にとって爽快感がない。

「あなたが好きだから、どんなことだってやってあげたいの」という心理描写はしっかり書いてほしいのですが、「悔しい」「憎い」心理描写がえんえん続くと、エロさが無くなってしまいます。

男性読者が読みたいのは、女の嫉妬ではなく、女の魅力なのです。

「夫に浮気されて悔しいから、夫へのあてつけでこの少年を誘惑してやる。ああ悔しい、殺してやりたい」

純文学ならOKかもしれませんが、男性読者はこのヒロインで抜けるでしょうか？　私は萎えると思います。

「オナニーしているなんてかわいそうだから教えてあげる。ああ、なんてかわいいの。このオチンチン、食べてしまいたいわ」

これぐらい軽い理由でセックスしてくれるほうが、男性読者にとって魅力的です。ポルノ小説は、男のファンタジーです。男性読者に、こんなに綺麗な女の子と棚ぼたでセックスできたぞ、というわくわく感を提供する娯楽です。女の嫉妬やあてつけや復讐なんて重いものよりも、**明るくて楽しく、気軽に読めて元気の出る、『読むドリンク剤』であるべき**です。

エッチな気分を楽しみながらポルノ小説を読み、ページを閉じると同時に内容を忘れてしまい、駅のゴミ箱にぽんと捨て、さっぱりした気分で元気よく仕事先に向かう。ポルノ小説は、そんな風にして楽しんで頂くべきものだと思います。

Chapter 4

それはポルノ小説では NGです

An Encouragement of Sunday porn writer's

ポルノ小説には「書いてはいけないもの」がある

ポルノ小説は商品であり、実用書です。

文芸でもなければ、文学でもありません。

たくさんの読者に買って頂かなければなりません。

そのため、売れる小説を書く必要があります。読者のみなさんに歓迎されない内容は、出版社にも歓迎されません。

また、ポルノ小説という性格上、法律の要請からこれは書いてはいけない、というNGがあります。

もっともこのタブー、レーベルごとに違うので絶対とは言えませんし、時代とともに変わっていきます。

気をつけたほうがいいヒロインと、その理由について説明し、それでもそのヒロインを書きたいときはどうすればいいのかについて解説します。

ロリ（NG度・強）

ロリは昔はOKだったのですが、今はNGになっているレーベルが多いです。

理由は二つ。

・法律（改正児童ポルノ禁止法）
・読者さんが実際にお父さんだったりお祖父さんだったりするから

2014年に改正児童ポルノ禁止法が成立して以来、ロリものを自主規制するレーベルが増えてきました。

2017年の漫画家の書類送検で、自主規制はさらに厳しくなるだろうと予想されます。

漫画家の書類送検とは、ジャンプの漫画家が、女児の児童ポルノ動画を所持したとして、児童買春・ポルノ禁止法違反（単純所持）の疑いで警視庁に書類送検された事件です。

大人向けのポルノ小説文庫は、読者が40代から70代の男性で、現役のお父さんやお祖父さんだったりします。

まさに女の子を育てている最中の男性は、子供を性的対象にする小説は痛々しさが勝ってしまい、興奮できないそうなのです。

それでもロリが書きたい人はどうしたらいいのでしょうか？

どうしてもロリが書きたいという強い衝動がある人は、ジュブナイルポルノでロリババを書きましょう。

エルフ娘や魔法姫にして、見た目年齢13歳、実年齢２００歳にするのです。

見た目年齢は13歳だけど、魔法少女で成長しないから、実年齢は２０代のお姉ちゃん、というのもいいですね。

私は女子中学生でＮＧが出たので、ＪＣ表記にしたら通りました。

女子校生にする、という方法もあります。女子校生、すなわち専門学校などで、中学や高校ではないと言い逃れをするのですね。

どうしてもロリが書きたいなら、ロリを書きましょう！

デビューしたら、編集者が規制をかいくぐる方法を一緒に考えてくれます。

娼婦（NG度・強）

娼婦ヒロインはNGです。

娼館ものもNG。時代官能小説の、吉原など遊郭もの、大奥もののもNGになります。

理由は単純に売れないからです。

市販されている小説の中には娼婦ヒロインもありますが、娼婦というのはお金を出せば抱ける存在であり、男性読者にとってありがたみがないそうです。

また、ジュブナイルポルノの読者には処女厨と言われる人たちがいて、不特定多数の男性とセックスする女性を嫌悪する傾向があります。

でも、それでも娼婦ヒロインが書きたいという強い衝動があるとき、どうすればいいのでしょうか？

あなたはなぜ娼婦ヒロインを書きたいのでしょう？

ファッションヘルスの清楚で明るいお姉さんが、恋人気分でフェラチオしてくれる。普通っぽい感じの綺麗なお姉さんが恋人になってくれるうれしさと、自分から働きかけなくてもお姉さんが全部してくれる心地良さではないのでしょうか？　王子様になった気分になれるからではないでしょうか。

だったら、清楚で明るく、親しみやすい笑顔の綺麗なお姉さんが、「君が好きなの。私が教えてあげるわ。君は何もしなくていいのよ。私が全部やってあげるから。私は実は処女だけど、がんばるからね。君にこうしてあげくて、エッチな本を読んで、予行練習していたの。こんな年齢なのに処女なんて恥ずかしいけど、好きな人に処女をあげたくて守ってきたのよ。私の身体で気持ちよくなってね。ヘタでごめんね」と、かしずいてくれるお話にしませんか。

そんなことありえないと反論が来ると思います。

そうなんです。**ありえないほど素敵な夢を小説にして読者に届けるのが、ポルノ作家という仕事**なのです。

女性警察官、女性自衛官（NG度・強）

婦人警察官や女性自衛官ってカッコイイですよね。婦警さんの紺色の制服がストイックです。スタイルが良くて、きりっとしています。自衛官の迷彩服が素敵です。肩からモールが下がった礼服も綺麗です。

ぴんと伸びた背筋。目力のある瞳。引き締まった二の腕。腹筋の浮いたお腹。それに帽子。憧れます。

調教物やレイプ物を書くなら、強い女性を屈服させるお話を書きたいものです。ですが、婦人警察官はNGです。

ポルノ小説は、実は何度か、取り締まられたことがあるのです。チャタレー事件、悪徳の栄え事件、四畳半襖の下張事件などです。

刑事事件になって裁判になったなんて聞くとドキッとするでしょうが、こうした事件は何十年も昔のことです。

扇情的な動画が溢れている現在は、小説で取り締まられることはありえませんが、出版社は「お上」を刺激したくないと考えています。

そのため、女性警察官はNGです。

でも、女性ガードマンや、女性空手家はOKです。

婦人警官の制服が素敵だから書きたいと思うあなたは女性ガードマンにすればいいし、強い女性が好みなら、女性空手家にすればいいでしょう。

ビッチヒロイン（NG度・中）

ビッチというのは尻軽の意味です。誰とでも寝るヒロインのことを言います。

エロコミックとジュブナイルポルノでは、このビッチヒロインが人気ですが、大人向けポルノ小説ではNGです。簡単にエッチしてくれる女の子は、ありがたみがないからです。

あなたはなぜ、ビッチヒロインを書きたいのでしょうか？

ヒロインの機嫌を取らなくてもセックスできて、あとくされがないからですよね。

清楚ビッチが理想なのですよね。

だったらそういう状況を作りませんか。

催眠術でヒロインが全員が僕に夢中になってるとか、腰が痛いから整体に行ったら特殊なフェロモンが出るようになって女の子全員が発情状態とか、理事長が変わってから処女は進級できない校則ができたとか、**ヒロインとあとくされなくセックスできる設定**を作りませんか。

ありえないですよね。そのありえない夢を紡いで、読者さんに満足して頂くのがポルノ作家の腕なのです。

ビッチヒロインを書く場合であっても、彼女が主人公とセックスする理由を書いて、読者さんを納得させてほしいです。

コスプレイヤー、ユーチューバー、男の娘、バスケットボール部のマネージャーなどマイナーなもの（NG度・中）

商業はたくさんの男性読者が「こんなヒロインとエッチしたい」と思う小説でなくては売れません。

私はコスプレイヤーはかわいいと思うのですが、企画にゴーは出ませんでした。

マイナーなヒロインはなかなかOKが出ません。

同様に、男の娘《おとこのこ》、いわゆる女装少年を主人公にした小説も通りが悪いです。保父さんになりたい少年が、女子高の児童教育科に女装して通い、女の子たちにモテモテになるお話を書いたところ3刷しましたが、やはりマイナーすぎてそれ以降出版されていません。

ポルノ小説は、集客ビジネスです。たくさんの人が素敵だと思うヒロインを書いてくださいね。

葬式など、死を連想させる話（ＮＧ度・中）

未亡人陵辱では葬儀のシーンではじまるお話もありますが、誘惑もので葬儀シーンはＮＧだと言われました。

理由は、死はセックスと逆のもので、お話が暗くなるため、売上が良くないそうです。おばあちゃんの葬儀で再会した親戚のお姉さんとのラブラブセックスを書きたいのなら、お盆の里帰りや秋祭りに変えてもいいですよね。

私はジュブナイルポルノで死神ヒロインを書いたことがあるのですが、売上は冴えませんでした。

誘惑ものは、明るく楽しいお話にしたいものです。

嫁（NG度・弱）

嫁がNGだと言われたときはびっくりしました。嫁は身近にいて、気軽にセックスできる存在だから背徳感がなく、ありがたみがないためポルノ小説にはならないそうです。

私はこれは疑問でした。

「〇〇は俺の嫁」（〇〇にはアニメヒロインの名前が入る）という言葉があります。

昔と違って今は未婚率が上がっています。嫁は20代30代の男性読者にとって憧れの存在であるはず。大人向けポルノ小説のルールをジュブナイルポルノに当てはめるのはおかしいのではないか。

そこで、担当者と話し合い、嫁もので妊娠エンドを書いたところ、売れて増刷がかかり、3刷しました。増刷というのは、先にも書いたように、売れ行きが良くて在庫が少なくなり、まだまだ売れると出版社が判断したときに刷り増しをすることです。

ジュブナイルポルノの読者さんは、嫁ものを読みたかったんでしょう。現在のジュブナイルポルノでは嫁ものと妊娠エンドが多いです。

フランス書院で嫁と妊娠エンドを書いたのは、私がはじめてだったんですよ。ですが、今でも、大人向けポルノ小説では嫁はあんまり登場していませんね。

レースクイーン、ラウンドガール（リングガール）、グラビアアイドル、チアリーダーなど、セクシー系の女の人（NG度・弱）

ラウンドガールとは、ボクシングや総合格闘技の試合で、次のラウンド数を書いたパネルを持って観客に向ける女性のことです。

レースクイーンやラウンドガールがNGだと言われたときはびっくりしました。スタイルが良くて、綺麗な女の人っていいと思いませんか？

ポルノ小説は高嶺の花を攻略するお話です。ラウンドガールはまさに高嶺の花だと思ったのです。

仕事として水着姿で人前に立つ女の人は、尻軽な感じがして男性読者には好まれないと編集者に言われました。

納得できなかった私は、担当者と話し合って、グラビアアイドルとチアリーダーで書いたのですが、グラビアアイドルは増刷がかかったものの、チアリーダーは初版止まりでした。チアリーダーはコスチュームもかわいいし、健康的で明るいイメージがあるし、かわいい女の子に応援してもらえるのだから売れるはずだ、と思っていた私のもくろみは外れました。ですが、書き方次第だと思うし、また挑戦してみたいです。

NGの中にこそ、成功の鍵がある

ポルノ小説って、こんなにも縛りが多いの？　と驚かれた方もいらっしゃることでしょう。実は私がそうでした。

はじめは企画が通らなくて苦労しました。何を書けばいいんだろう？　と思っていました。

私は、**規制の中にこそ成功の鍵がある**と思っています。

何十年も前、チャタレー事件、悪徳の栄え事件、四畳半襖の下張事件などで、小説を取り締まられた先輩作家たちは、文章表現を工夫しました。

佑一は、蜜液を垂らす花芯に、剛直を押し当てた。

腰にぐぐっと力を入れて突き込むと、みっしりと合わさったヒダが、まるで自ら道を開くように佑一の男根を迎え入れた。

「ああ、入ってる。佑一くんのが……おおきい……あぁ。なんて気持ちがいいの……」

留美子の胸のふくらみがぷるぷると波打つ。人妻ならではの、豊満な肉体だ。

――熱い。女の人のなかって、こんなにも熱くて柔らかいんだ……。

ツブツブが生えた蜜壺を、亀頭のえらでかき分けながら進入する。こつんと音がして、最奥に行き着いた。熱いヒダが、きゅうきゅうと肉茎に絡みついてはふっと緩む。

これは私が適当に書いたものですが、**ポルノ小説特有のこうした文章表現に、卑語はひとつも含まれていません。**

現在のポルノ小説の豊かな文章表現は、規制から逃れるために発展したのです。

規制で思い出すことは、私がジュブナイルポルノを書くきっかけになった「オナニーしているなんてかわいそう」小説です。20年前のジュブナイルポルノは、「恋人同士のセックスを書いてはいけない」という風潮があったのでしょう。そのため、無理のある展開になっていました。

そうしたジュブナイルポルノに満足できなかった男性読者がたくさんいて「恋人同士のセックス」を書いた私の本を、こぞって買ってくださった。ヒロインがかわいいと喜んでくださった。

嫁もの、妊娠エンドを書いた私の本を、「こういう小説が読みたかったんだ」と買ってくださった。

メイドものをフランス書院ではじめて書いたのは青橋由高さんという男性作家ですが、編集者に「メイドなんて実在していないのだから誰も喜ばない」と言われたのを、「メイドさんは制服がかわいいし、かしずいてくれる、魅力的だ」と説得したそうです。

青橋さんのメイドものは売れて、それからはメイドが解禁になりました。

現役のポルノ作家が、どうせこれは企画が通らないだろうと思って書かない内容の中にこそ、次代の売れ線があると私は思っています。

私は今でも、編集者がNGを出すだろうなと思う企画書を、わざと出しています。時代は変わっていくからです。

今までNGだったものが次代の売れ線になると思っています。

ポルノ作家になりたい方は、ロリでも婦人警官でも、規制なんか無視して好きなものを書いてください。

自己規制を覚えてしまった現役作家が書かない小説を、書いてください。

私のジュブナイルポルノを「女の書いた少女漫画みたいな甘ったるいラブコメなんて売れるわけがない」と握りつぶした編集者がいたように、出版には困難を伴うかもしれません。ですが、あなたの小説が、新しい時代を感じさせるものであるとき、評価してくれる編集者は必ずいます。「こういう小説が読みたかったんだ」と支持してくれる読者が出てきます。

編集者が、規制を逃れる方法を一緒に考えてくれます。ロリものはNGでも、ロリババにすればいいし、女子中学生ではなくJCにすればいいとアドバイスをくれます。

あなたが熱意を込めて書いた新しい小説は、プロ作家が小手先で書いたものよりも売れるでしょう。書きたい小説を書いて、新しい時代を作ってください！

編集プロダクション「大航海」社長＆デスクへインタビュー

わかつきひかる（以下：わ）　編集プロダクション株式会社大航海の松村由貴《よしたか》社長（以下：松）と、十川《そがわ》光輝デスク（以下：十）にお話を聞きにきました。大航海は、イースト・プレス悦文庫、コスミック・時代官能文庫、マドンナメイト文庫など、ポルノ文庫の編集を行っている編集プロダクション（編プロ）です。

松　講談社文庫やハーパーコリンズ・ジャパンのヴァニラ文庫などの編集も行っていますよ。

わ　講談社文庫は官能小説ですか？　ヴァニラ文庫は乙女系（女性向けのポルノ小説）ですよね。女性向けも手がけていらっしゃるのですか？

十　はい。まったく別ジャンルのムックや、電子書籍、電子コミックの制作などもしていますよ。現在の業務は多岐に渡っています。

松　講談社文庫では、一般エンターテインメントも手掛けてますね。

編集プロダクションとは

わ　編集プロダクションは、何をする会社なのか教えてください。

松　著者さんとともに企画を練り、原稿を書いて頂いて、それを相応しい出版社に持ち込み、刊行することです。

十　紙でも電子でも、出版社に完全パッケージとして渡すまでの仕事を請け負います。

わ　完全パッケージとは何でしょうか？

松　著者さんと一緒に企画を立てて出版社に持ち込み、小説を書いて頂き、直しを入れて完成度を高め、校正や、表紙イラスト等を作り、あとは印刷するだけにすることです。

わ　編集部がすることを全部するわけですね。企画の売り込みをして頂けるというのは、作家には魅力的です。編プロは出版エージェントとはどこが違うのでしょうか？

松　編プロは、完全パッケージ、つまり本来は出版社が内部で行う部分までを請け負いの領域としていますが、出版エージェントは、企画段階までを出版社に渡して終わり、ということが多いと思います。つまり、売り込みで終わりともいえます。

わ　編プロは出版社から編集料を取ることで利益をあげているわけですか？　エージェントは作家からお金を取りますが、編プロは作家からはお金を取らないわけですか？

松　そういうことになります。

わ　一部、作家からもお金を取る編プロがあると聞いています。

松　大航海では著者さんから印税をピンハネすることはありません。

わ　作家の印税は減らないんですね。それは作家にとってありがたいです。

わ　他にも作家が編プロで仕事をする利点がありましたら、教えてください。

松　完全パッケージなので、著者さんの作品を生かすタイトルや装幀で出版することが可能です。また、「この作品はどこの出版社が相応しい？」という、実は著者さんにとってセルフプロデュースするときに最も大切な部分を、あらかじめ知っていることがアドバンテージになるのではないか、と思います。

わ　編集方針ってそれぞれ違いますよね。レーベルカラーみたいなものがあります。読者として読んでいても、違いがわかります。

わ　売り込みをして頂けるということは、作家が自分で営業すると断られる出版社でも、編プロだと通ったりするのでしょうか。

松　その可能性はあります。少々、生意気をいえば、「この編プロの持ち込み案件なら、任せておいて大丈夫」という関係性を出版社と日々築いているからです。

わ　関係性を築いている？　それは大学のつながりやかつて社員だったという意味ですか？　さしつかえなければ、出身大学や学部、経歴を教えてください。

松　大学のつながりはあまり関係ないですが、僕は早稲田大学第一文学部卒。ベネッセ、太田出版、イースト・プレス、無双舎代表、といったところが今にいたるおもな経歴ですね。

わ　松村社長は太田出版にいた頃、団鬼六を綺麗なパッケージで一般に向けて売り出したと聞いています。私は実は、若い頃にはじめて読んだポルノ小説が団鬼六の『花と蛇』で、私がポルノ作家になるきっかけでした。

松　あれは売れたんですよ。若い女性が買えるように装丁したので、まさにあなたのような読者を対象にしていました。

十　僕は中央大学法学部法律学科卒。書店員などを経て二見書房、そして今にいたるです。

わ　書店員さんだったのですか？　読者の好きなものを知っているというのは強いですよね。

わ　松村社長にお聞きします。編プロを立ち上げるに至った経緯について教えてください。

松　無双舎を辞めた後、本当は出版社を新たに起こそうと思っていたのですが、出版社のリスクを負うだけの資金力がたまたまその段階ではなく、体力さえつけばいつでも出版社になれる業界ポジションとして編プロを起こしました。

わ　十川デスクにお聞きします。デスクというのは、一般の会社ではどういう役職に相当しますか？

十　一般の会社だと部長の下、次長とか課長ですかね。日本語にすると副編集長とか編集次長というらしいのですが、やっていることは丁稚とかわらないと思います。

わ　松村社長は局長でもあるわけですが、局長というのは一般の会社ではどういう役職に相当しますか？

松　いくつかの部門を束ねる長にあたります。統括部長、というのでしょうか。

新人作家の発掘について

わ　編プロの場合、新人発掘はどのように行ってらっしゃいますか？

松　基本的には、目につく限りの媒体に目を通してみる、ということでしょうか。

わ　目につく限り……。それはまたすごいですね。月に何冊本を読まれるのでしょうか。

松　斜め読みで、雑誌を4～5誌。面白い、凄いと聞いた単行本、文庫など7～8冊でしょうか。本当はもっと、まっさらな形で読んでいかないと足りないのでしょうが。

十　月に10冊は読みたいのですが、最近はその半分も読めていません。仕事で文字を追っていると目が疲れてしまって……こんなことではいけないのですが、せめて電車に乗っている時間

（読書タイム）くらいは目を休めたい。トホホ。

わ　光るものがある作家さんには、声を掛けていらっしゃる？

松　はい。うちの場合ですと、独自に電子書籍の販売サイトも持っているので、そこへの問い合わせもあります。

わ　官能作品の独自サイト、Aubebooks.comですね。書かせてください、という営業電話ですか？

松　作品を温めているので、Aubebooks.comで売ってくれないか？　というメールですね。メールのやりとりの後に、送ってもらった作品には、全部目を通しています。

わ　私は書きたいレーベルがあるとき、自分で編集部に電話を掛けて企画からはじめさせてもらえないでしょうか、と営業するのですが、作家の友達に話すと驚かれてしまいます。作家は営業なんてあさましいことをしてはいけない、依頼を待つべきだというのです。ひどい断り方をされるときもあります。

松　それはいわゆる一般文芸の場合でしょう。官能は持ち込みを受け付けてくれるところありますよ。それにいまは、作家さんから積極的に売り込まないと、誰も気づいてくれないぐらいに多種多様な作品が電子書籍を中心にあふれてますから。うちは、レーベル丸ごとの編集作業も請け負っているので、その出版社への著者さんからの持ち込み、問い合わせも歓迎していますよ。

わ　小説の持ち込みも受け付けて頂けるのですか!?　それはすごいですね。

松　編プロの良さは、なんでもアリ、の懐の深さ軽さなんですよ。

わ　新人の場合、企画書の持ち込みと小説の持ち込み、どちらがいいでしょうか？

松　書き上がった小説、ですね。枚数は気にせずに。「書ける」ことが、最低限担保されていないと、いい企画でも実現しません。

わ　新人育成はどのように行っていらっしゃいますか？

松　まずは、出版社を想定せずに書いてもらう。それをブラッシュアップしてもらう。そうすると、自然に持ち込める出版社が見えてきますね。もちろん、どこで出版したいという希望があらかじめ著者さんにあれば、それ仕様にブラッシュアップしたり、最初から著者と寄り添って書いてもらう場合もあります。このブラッシュアップの過程こそが育成ということになろうか、と考えています。

ポルノ小説の読者について

わ　官能小説の読者について教えてください。何歳ぐらいの、どんな職業の方が多いのでしょうか。

松　ポルノ小説文庫は50〜70歳、男性サラリーマンあるいは退職された方が中心です。一方、電子書籍で展開している乙女系小説では30〜50歳の女性で、ＯＬさんや専業主婦という感じになります。

わ　それは、どんなレーベルも同じなのでしょうか。レーベルごとの差はあるのでしょうか。

松　「官能」と括ってしまえば、ほぼ同様でしょう。そこが問題で……。

わ　レーベルごとに編集方針や読者層の違いはあるけど、その編集方針の違いは明文化されていない。レーベルカラーを察しなくてはならない、というわけですね。私も、あるレーベルで評価が低く本が出なかった小説が、別のところでは大賞受賞でしかも売れる、という体験をしています。こういうことはわりとあるみたいですね。

編集者から見た作家

わ　編集者から見て、こういう作家は売れる、というのがあったら教えてください。

松　時代の空気をうまく取り入れることができる、ということに尽きます。そこに、自覚的で、格闘を厭わない人が売れていきますね。

わ　格闘を厭わないというのは、努力する、という意味ですね。

十　それと、謙虚な人でしょうか。編集者のつたない指摘を真摯にうけとめてくれる作家さんには売れてほしいですし、結果的にそういう人たちが残っています。

わ　編集者から見て、この作家は売れないだろう、というのがあったら教えてください。

松　他の方の作品を読まない人はまず無理です。それは官能ということに限らず、最低限、漱石は読破しておいた方がいい、と思います。

わ　夏目漱石ですか！　意外です。びっくりしました。団鬼六とか、綺羅光を読めとおっしゃると思っていました。どうして漱石なのですか？

松　文章力であったり、構成力であったり、キャラクター造形であったり、あるいは時代の空気感の取り込み方であったり、決して古くはない。

わ　『坊っちゃん』ぐらいしか読んでないので、さっそく読みます！

わ　編集者から見て、依頼したくなる作家はどういう作家でしょうか。やはり売れる作家さんでしょうか。

松　自分の世界観を持っている人、書かざるをえなく書いている人、ですね。これは「官能」以前の問題で「作家」、「著者」を名乗れるのは、そうした「業」を背負っている人だけ、だと考えています。その「業」から紡ぎだされる物語が、時代の空気を纏っていれば最高です。最北端だけど、文藝の一翼であることに自覚的であってほしいですね。

十　常に進化している作家さんです。転がる石のような人。小説に対して真剣にとり組んでいて、たえまない努力を惜しまない。常に上を向いていて、ひと作品ごとにより良いものを書こうとする作家さんは、いっしょに仕事をしていて楽しいですから。

わ　編集者から見て困る（二度と依頼したくない）作家はどんな人でしょうか。

松　お金のことばかり気にする人、でしょうか（笑）

わ　編集者に取っていちばんうれしい瞬間について教えてください。

松　自分とタッグを組んだ著者の作品が注目されたとき、でそれが売れればなおのこと嬉しい（笑）　せっかくその人が書くのですから、その人の作品として、特別に評価されることをつねに目指したいものです。

わ　作家が、官能小説というビジネスで儲けるためには、どうすればいいでしょうか？

松　ある程度の儲けは、まずはデビューに漕ぎ着けて、長編3作品は書き続ける持久力があればいい。そのあとは自然とオーダーが入ってくるでしょう。ただし、大儲けしようと思うのなら、已むに已まれぬ「動機」を見出しておくこと、です。「動機」を見出す、というい方も変ですが。テクニックだけでは、数冊で終わってしまいます。

十　官能小説というビジネスは儲からないと思います。もしそれで儲けようとする人がいたら、やめたほうがよろしいかと。では、なぜ作家さんは小説を書くかというと、書きたいものがあるからです。それを書かないと死んでしまうくらいの大きなもの、ボスの言う「動機」とは、そういうことだと思います。

ポルノ小説の現在と未来

わ　官能小説の現在の売れ線と代表的な作家について教えてください。

松　方程式なことでいえば、「癒し系」といわれるジャンルで、しかも男が癒されるモノでしょうか。このブームは長いですね。変化球として「誘惑モノ」もあります。しかし、一方でこの長く続くブームの先を見つけかねている、ともいえます。その格闘から一歩抜け出して、ベースは前述のジャンルに置きながら、切なさを前面化したり、そんなアホな的な笑える能力（もちろん性的な）を前面化したモノが走りはじめているように思います。前者でいえば葉月奏太さん、後者でいえば橘真児さんなどが上がります。共通するのは、サクサク読める文体と構成、でしょうか。もちろん官能シーンに手抜きは無し、ラストが鮮やか、ですが。

十　たしかに「癒し系」「誘惑モノ」は全盛期ですが、見方をかえれば飽和状態にあると言えます。もう一方に凌辱モノがありますが、こちらを書く人はほとんどいません。そのなかで独自の表現方法を用いて孤軍奮闘しているのが八神淳一さんです。

わ　官能小説の未来について教えてください。官能小説は今後、どうなっていくと思われますか？

松　決してすたれることはない、と思います。そして、文藝として昇華されれば、いま以上の一大潮流を獲得するとすら思っています。いまエンターテインメント全体が、細分化、数的には低迷する中で、唯一共有化、大多数に届くエンターテインメントであることは疑いようがない、と考えています。

十　エロは永遠です。人類が人間をやめないかぎりポルノは死にません。

わ　官能小説家を目指す読者さんにひとことお願いします。

松　とにかく本を読むこと、です。それは官能小説に限りません。ただ、官能的なことが生々しく描かれていれば官能小説であった時代はとうに終わっています。官能文藝をぜひ目指してほしい、と思います。

十　官能小説は厳しい世界です。そのわりにあまり評価もされません。それでも書きたいものがあるのなら、ぜひ挑戦していただきたいです。

わ　ありがとうございました。

私は編集運が悪くて、おかしな編集者に出逢うこともあったのですが、編プロの編集者は全員がまともで不思議だなと思っていました。

松村社長と十川デスクにお話を聞かせて頂き、それは、出版社という後ろ盾がない中で、技術を売っているからだと気づきました。また、編プロならではのフットワークの軽さもすばらしいと思います。

作家に取っていちばん大変な営業の部分と、どのレーベルが自分に向くかというセルフプロデュースの部分を請け負って頂けるのはありがたいと思いました。

Chapter 5

長編ポルノ小説を書いてみましょう

AN ENCOURAGEMENT OF SUNDAY PORN WRITER'S

フレームワークでお話のアウトラインを決めましょう

いちばんはじめにすることは、どんな小説を書くか枠組みを決めることです。

枠組みから考えていく思考法をフレームワークと言います。

砂場の中に宝が埋まっているとします。

砂をランダムに掘り返すのではなく、まず砂場を半分に割り、その半分の枠の中で砂を掘り返して探します。

宝が出てこなかったら、まだ掘ってない残り半分をさらに半分にして、その中で砂を掘り返して探す。

出てこなかったら、残り半分をさらに半分して探す。

そうやって探していくうち、最終的には宝を見つけることができる、という考え方です。

本来は経営戦略における問題解決の手法なのだそうです。私は『ＵＳＪのジェットコースターは、なぜ後ろ向きに走ったのか』（森岡毅著）を読んでフレームワークという思考

フレームワークの考え方

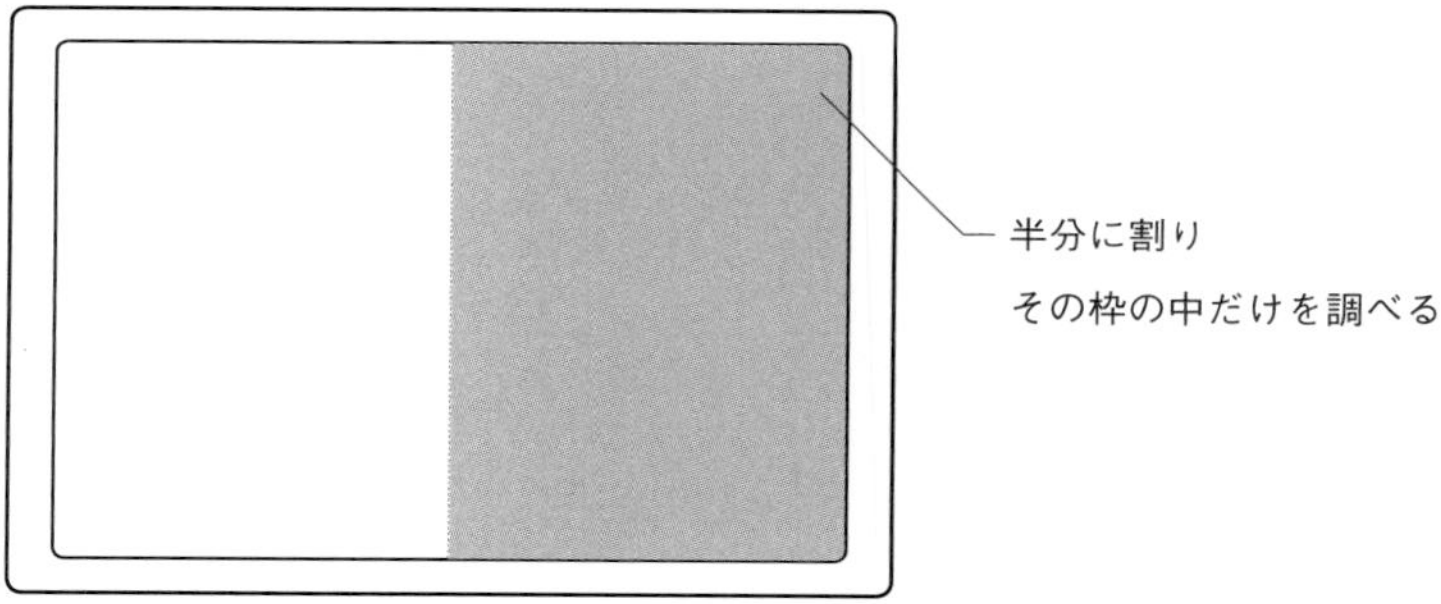
半分に割り
その枠の中だけを調べる

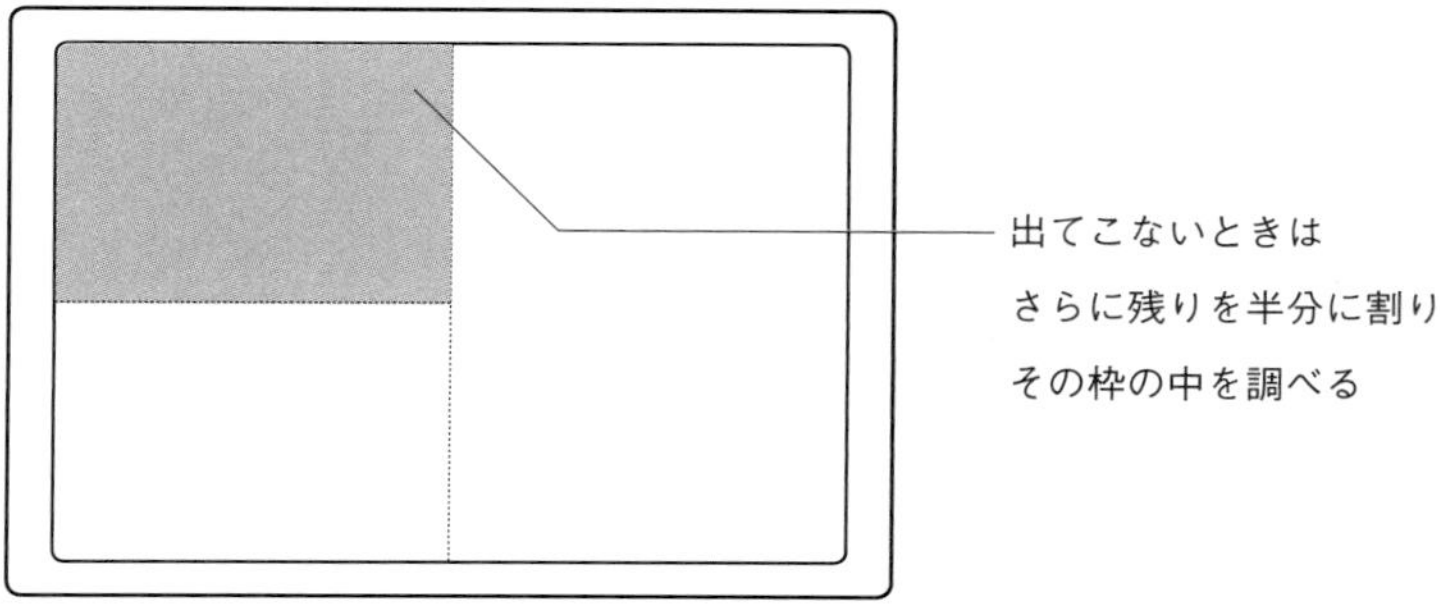
出てこないときは
さらに残りを半分に割り
その枠の中を調べる

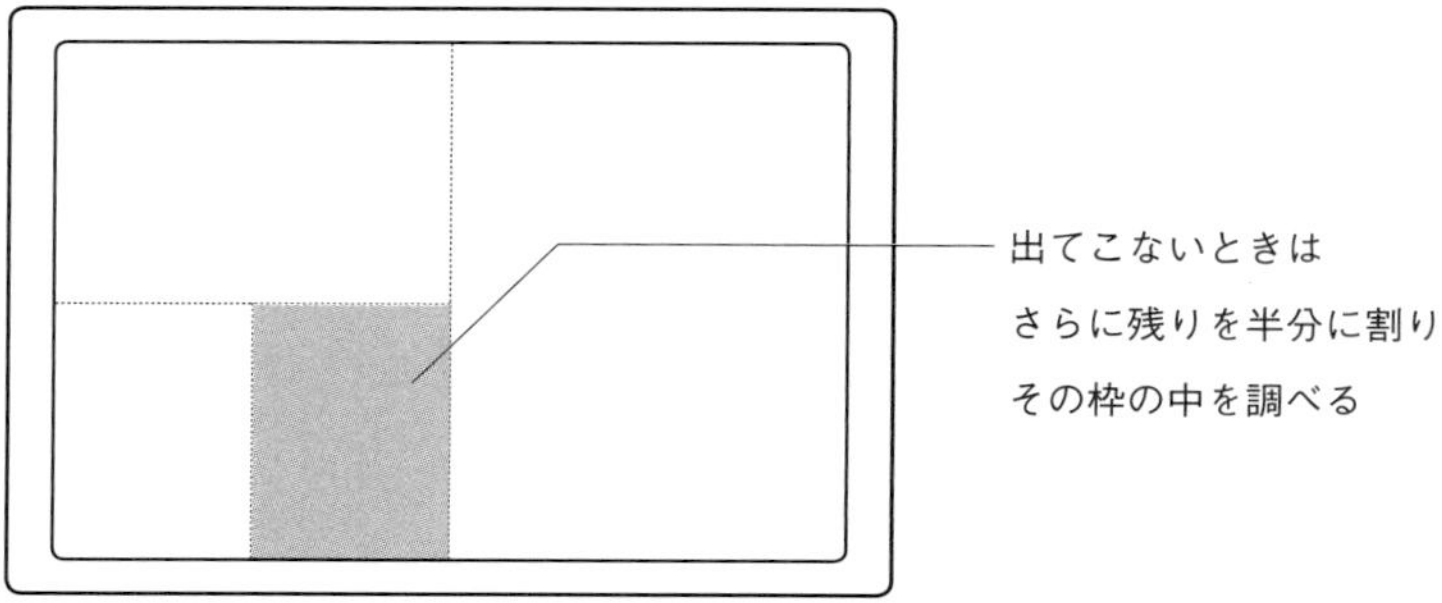
出てこないときは
さらに残りを半分に割り
その枠の中を調べる

調べるところをどんどん小さくしていくことによって、
最終的に答えにたどり着く。

法を知ったのですが、これは小説を書くときにも有効です。

枠組みは、小説ではテーマ（主題）に当たります。

投稿するからには賞を取りたいですよね。

私の経験では、評判が良かった小説は、いつだって私が好きなものを書けたと思うときでした。編集の勧めで、「ハーレムなんていやだな。私は誘惑されてホイホイセックスする浮気性の男なんて嫌いなんだけどな」と思いながら書いた小説は増刷がかからないのです。

新人賞も同じです。受賞する小説は、あなたの「私はこれが好きなんだ」という熱が、行間から溢れる小説です。

まず、あなたが好きなものは何か、明確にするところからはじめましょう。

執筆フレームワークシートをつけていますので、コピーして使ってください。

次ページ以降の質問に答えてください。

執筆フレームシート

①嫌いなポルノ小説。なぜ嫌いなのか（いくつでも）

②質問①の登場人物の、どういうところが嫌いなのか

③あなたの好きなポルノ小説。なぜ好きなのか（いくつでも）

④質問③のヒロインの、どういうところが好きなのか

⑤エロのないアニメや漫画で、このヒロインのエッチなシーンを見たいというものはありますか？

⑥あなたの好きな（書きたい）ヒロインの年齢、職業、性格（いくつでも）
好きなヒロインのうち、いちばん好きなヒロインに○をつけてください
（例：温子《はるこ》、26歳、保母さん、優しくておっとり、でも仕事は真剣）
・
・
・
・

⑦主人公の名前、年齢、職業、性格

⑧舞台を決めましょう（家の周囲、オフィス、バイト先、大学など）

⑨時代を決めましょう（現代日本、バブル時代の地方都市、江戸時代など）

⑩ヒロインは複数かピンヒロインか？
ハーレムの場合は、登場するヒロイン全部の名前、職業、性格を書いてください（４人まで）
・
・
・
・

⑪あなたの書きたい話はソフト系かハード系か

①嫌いなポルノ小説。なぜ嫌いなのか

②質問①の登場人物の、どういうところが嫌いなのか

ポルノ小説を1冊も読まずにポルノを書くことは不可能です。読んでない方は、まずポルノ小説を10冊ほど買ってきて読みましょう。

好きな小説も嫌いな小説もあると思います。

嫌いなポルノ作家は生理的に受け付けられないと思うほど嫌いなものを書きましょう。熟女が嫌い、母子相姦なんて気持ち悪い。ヒロインがバカすぎるから嫌い。主人公がクズで許せないから嫌い。いろいろあると思います。自分に問いかけて、理由をはっきり書いてください。

③あなたの好きなポルノ小説。なぜ好きなのか

④質問③のヒロインの、どういうところが好きなのか

好きなポルノ小説はない、という方もいらっしゃることでしょう。その場合は、AVでもエロコミックでも好きなものを書き出してください。

次になぜ好きなのかを考えましょう。ヒロインが好みだから。主人公がいい思いをする

から。いろいろ理由があると思います。

ヒロインが保母さんだから好きだとか、ヒロインが恥ずかしがるところがかわいいとか、思いつく言葉を入れてください。

嫌いなものと好きなものが一緒になった人がいるはずです。

××の小説に出てくる熟女は嫌いだけど○○の熟女は好き。

その理由は、××は熟女が下品だから嫌いで、○○の熟女は恥らいながらも、優しく教えてくれるから好きなのかもしれません。では、あなたの書くべきヒロインは、ヒロインが恥ずかしがりながらも、優しく教えてくれるお話になります。

⑤エロのないアニメや漫画で、このヒロインのエッチなシーンを見たいというものはありますか？

私はあります。アニメの「七つの大罪」を観ながら、エリザベスとメリオダスのエッチなシーンを観たいなーと思って同人誌を探したり、自分で書いたりします。

上記五つの質問に答えたあなたは、次の二つの質問には簡単に答えが出るはずです。

⑥あなたの好きな（書きたい）ヒロインの年齢、職業、性格（いくつでも）好きなヒロインのうち、いちばん好きなヒロインに○をつけてください

実は①から⑤までの目的は、ヒロインのキャラクターを作るためでした。

キャラクターから考えて貰ったのは、**ポルノ小説が究極のキャラクター小説**であるからです。魅力的なヒロインを攻略してこそのポルノ小説です。こんなに素敵な恋人とエッチをしたいという男性の夢を小説で叶えましょう。

⑦主人公の名前、年齢、職業、性格

ヒロインを決めると主人公が決まります。ヒロインが女教師なら、主人公は生徒か同僚の教師になります。兄嫁や義母なら主人公は青年か少年、義理の弟や義理の息子になります。女子高生がヒロインなら、主人公は高校生か教師になります。

⑧舞台を決めましょう

舞台も自動的に決まるはずです。女教師なら学園が舞台だし、隣の人妻ならコンビニやファミレスなどのご近所、看護婦なら病院、メイドなら家、寮母なら寮、ヨガインストラクターならスポーツクラブになります。アイドル歌手なら、事務所が用意しているマンションや、若い女の子が立ち入るところ、ゲームセンターや本屋やカラオケ屋になります。

⑨時代を決めましょう

時代は決まっているはずです。

現代日本、江戸時代、バブル時代などです。

⑩ヒロインは複数かピンヒロインか？　ハーレムの場合は、登場するヒロイン全部の名前、職業、性格を書いてください

ハーレムは人気です。男には種まき本能があるからです。

私はハーレムが苦手で、ピンヒロインものをたくさん書いています。じっくりひとりの女の人を開発するお話を書きたいのならピンヒロイン、たくさんのヒロインと関係するお話を書きたいのなら複数ヒロインにしましょう。

調教物だとピンヒロイン、誘惑物は複数ヒロインがいいでしょう。

ハーレムで出せる上限は４人です。それ以上はひとりひとりのヒロインの描写が薄くなり、小説として成立させることが難しくなります。

ハーレムが好きな男性読者は、いろんなヒロインと関係するお話を望んでいるのですから、なるべく違うタイプのヒロインを出しましょう。

双子であっても、性格は反対にします。ひとりは積極的なタイプ、もうひとりはおくゆかしい女の子といった感じです。

人妻ばかりを出すときは、いろんな人妻を出しましょう。セレブな人妻、おしとやかな人妻、積極的な人妻、同じ人妻でもいろいろいます。

複数のヒロインを出すときは、女体遍歴ものは最終的にひとりを選んでほしいし、ハーレムなら、最後はやはり3P、4Pで締めてほしいところです。

女体遍歴ものとハーレムについては後述します。

⑪あなたの書きたい話はソフト系かハード系か

恋人同士（ソフト系）のSMプレイ（ハード系）は、新人賞の通りが悪いです。理由は売りにくいから。

ソフト系は表紙もタイトルもソフト系の表紙になります。

ハード系はいかにも陵辱です、という表紙になります。

どっちつかずの商品は、売りにくいそうなんです。

私は、恋人同士のSMプレイ（ラブラブ調教）を書いていますが、それはジュブナイルポルノだから許されるイレギュラーな書き方で、大人向けポルノ小説ではNGだと言われる場合もあります。

お姉さんが教えてあげるお話か。

陵辱ものか。

どちらか決めたら、混ぜないでくださいね。

これで設定と登場人物、お話の傾向が決まりました。小説のフレームが完成したのです。

なお、執筆フレームワークシートは、ポルノ以外でも役に立ちます。質問事項を適宜変えて使ってみてください。

小説の枠組みができたので、次はストーリーを作っていきます。まずは起承転結（序破急）の説明から。

起承転結と序破急

起　はじめにあることが起こった。（はじまり、出逢い）
承　あることがどんどん激しくなっていく。
転　ところがまったく違うことが起こった。（山、見せ場、別れ）
結　とうとうこうなってしまった。（落ち、再会）

序　はじめにあることが起こり、そのあることがどんどん激しくなる。（はじまり、出逢い）
破　ところがまったく違うことが起こった。（山、見せ場、別れ）
急　とうとうこうなってしまった。（落ち、再会）

すべてのストーリーは、このパターンに納まっています。
ポルノ小説も、起承転結か序破急で書きます。

ポルノ小説のテンプレート（王道）、5つのパターン

ポルノ小説にはいくつかのテンプレート（決まった形）があるので紹介します。テンプレは王道であり、定石（昔から研究されてきて最善とされるストーリーの展開）でもありますが、定石を越えたところにおもしろさがあると私は思っています。テンプレを崩すお話を書きたいものです。

◇調教・レイプもの（ヒロインひとりの場合）

起　ヒロインが脅される。（はじまり、出逢い）
承　脅迫に屈してレイプされ、調教される。
転　ところが、調教師がいきなりヒロインを自由にする。ヒロインは自由を謳歌するが、次第に身体の疼きに耐えられなくなってしまう。（山、見せ場、別れ）

結　とうとうヒロインは自分から調教師のもとに行き、奴隷になってしまった。（落ち、再会）

◇調教・レイプもの（ヒロイン複数の場合）

起　ヒロインAがヒロインBとレズセックスをする。（はじまり、出逢い）
承　ヒロインBは主人公の奴隷で、二人がかりで奴隷調教されてしまう。
転　ところが、奴隷になったヒロインAは、別の女の子を奴隷にしたいと思いはじめ、罠にかける。（山、見せ場、別れ）
結　とうとう4Pになってしまった。（落ち、再会）

◇誘惑もの（お姉さんが教えてあげる・ヒロインひとりの場合）

起　主人公とヒロインが出逢う。（はじまり、出逢い）
承　ヒロインが主人公に教えてあげる。
転　ところが、主人公が司法試験の勉強をしていることを知り、ヒロインが主人公から別れ

ようとする（山、見せ場、別れ）
結　とうとう主人公は司法試験に合格し、ヒロインとラブラブな関係を続ける。

◇誘惑もの（お姉さんが教えてあげる・ヒロイン複数の場合）

起　なにかのきっかけで、主人公が女性を誘惑する力を手に入れる。（はじまり、出逢い）
承　ヒロインAとセックス。
転　ところがヒロインBとセックスする。（山、見せ場、別れ）
結　とうとうヒロインABと主人公の3Pになってしまった。（落ち、再会）

◇女体遍歴もの

起　童貞の主人公が、同級生の女の子が好きだなと思いながらも、お姉さんに教えてもらう。
（はじまり、出逢い）
承　さらに別の女の人とセックスする。

転　ところがさらに別の女の人とセックスする。（山、見せ場、別れ）
結　とうとう同級生の女の子とセックスして恋愛関係になる。（落ち、再会）

ここで紹介したのは5つだけですが、他にもたくさんのパターンがあります。

ポルノ小説を何冊か読むと、テンプレが見えてきます。

フランス書院文庫、マドンナメイト文庫などはテンプレを踏襲している場合が多いですが、テンプレはお話がまとまる代わり、既視感のあるものになります。

テンプレを外すと、まとまりの悪い小説になりますが、新鮮で勢いのある、あなたにしか書けない小説ができあがります。

テンプレを踏襲するか、あるいは外すか、それはあなたの判断です。

ストーリーはシンプルに

ポルノ小説の華はエロシーンであり、ストーリーはエロのために存在します。

エロとストーリーの黄金比率は6：4です。一章にひとつエロシーンを入れて、抜きどころを作るようにしましょう。

原稿用紙350枚の長編小説なら、ストーリーパートに割けるページ数は、わずか140枚しかありません。一般小説と同じつもりであらすじを作ると失敗します。

ストーリーはシンプルにしましょう。ポルノ小説はマンネリでいいんです。波瀾万丈なストーリー展開や謎解き、どんでん返しは必要ありません。

だったらどうやってお話に起伏を付けるのか、起承転結の転でお話に盛り上がりを作るべきではないのか、と疑問がでてくると思います。

お話の盛り上がりは、どんでん返しではなく、エロシーンでつけましょう。ポルノ小説なのですから。

あらすじを考える

箱書きという手法を使って、あらすじを考えていきます。

箱書きは、枠線を引いた箱の中に文章を入れていくことによってあらすじを組み立てる方法です。私はシナリオ教室で教えて頂きました。箱書きシートをつけていますので、コピーして使ってください。

この箱書きシート、ポルノ以外の小説にも使えます。

執筆シートを横に置き、箱書きを埋めていきます。

①出逢いを考える。（起承転結の起、序破急の序）

主人公とヒロインが出逢うシーンを考えましょう。

隣の人妻なら、出逢いの場所は家の周囲に限られます。信号待ちをしている路上。宝くじ売り場。コンビニ。本屋さん。図書館。ゲームセンター。

主人公が、人妻がこぐ自転車の後ろの籠から落ちたオレンジを拾ってあげる。落ちましたよ、と声を掛けるが、人妻はすいすいと自転車をこいで走り去っていく。信号待ちをしている人妻にようやく追いつき、オレンジを渡す。

ゲームセンターで人妻がクレーンゲームに熱中しているが、結局ひとつも取れない。主人公があっさり取って人妻にあげる。

宝くじ売り場で1万円当たって大騒ぎしている人妻に、思わず「よかったですね。お姉さん」と声を掛けたら、お姉さんと呼ばれて気を良くした人妻が、「お姉さんがおごってあげるわ」と言い出す。主人公は遠慮する。

いろいろ考えられると思います。

今回は女性遍歴もののテンプレで話を作ってみましょう。宝くじ売り場で出逢う話を採用して続きを作っていくことにしましょう。

②セックスに至るきっかけを考える。(起承転結の承、序破急の序の後半部分)

セックスになだれ込むにはきっかけが必要です。

ああ、そりゃあ、ヒロインだって主人公とセックスするよなぁ、と読者を納得させてください。

不思議な力でヒロインが発情してもいいですね。

女上司が飲み会でつぶれてしまい、部下が送っていったらセックスになだれ込んでしまったでもいいでしょう。

階段から落ちかけたヒロインを、主人公が格好良く助けるとかでもいいですね。

今回は女体遍歴もののテンプレで、宝くじを採用して続きを作っていくことにしたので、不思議な力をキーワードにお話を続けていきましょう。

宝くじ売り場での邂逅のあと、その後人妻とバッタリ再会し、話が弾む。

「お礼をしたいの」と言われて人妻の家に行く。そこに宅配便が来た。スーパーの懸賞で当たったのだ。

「君と一緒にいると運が良くなるみたい」

「そういえばこんなことがありましたよ」

主人公は思い出していた。占いをしてもらったときに、「君は運がいいのに、その運の良さがうまく出てない。開運グッズを持ちなさい」と開運グッズを売りつけられた。

主人公は、自分自身が運が良くなるのではなく、触った人間の運を良くする存在だったのだ。人妻が「私が教えてあげるわ」と無邪気にセックスする。

主人公は「セックスすると運が良くなる男」と噂になり、女教師や保母さんとセックスする。

③ところが全く違うことが起こった。違うこととは何でしょうか。
（起承転結の転、序破急の破）


主人公がずっと好きだった女子大生が、階段から落ちそうになり、主人公ががんばって助けたものの、開運グッズが壊れてしまう。

主人公は女子大生とセックスする。

④最終的にどうなってしまいましたか？（起承転結の結、序破急の急）

主人公は女子大生と恋人同士になる。

一方でかねてから面接中だった会社に就職が決まった。引っ越し前に、開運グッズを売ってくれた占い師を訪ねて街角に行くが、占い師はいなかった。主人公の隣には、主人公の不思議な力のせいではなく、主人公自身を好きになってくれた女子大生の恋人がいる。

これでお話ができました。

ですが、まだ長編を書くためには足りません。

章立てをする必要があります。

市販のポルノ小説は、だいたいが6章に分かれています。プロローグ（前日譚）、エピローグ（後日譚）を足して、企画書にしましょう。

企画書はこうして書く

企画書は、作家にすれば長編小説の詳細設計図ですが、編集者に提出するとき、「私の商品はこんなに魅力的ですよ。私の商品を扱って頂けますと、御社に収益をあげてご覧に入れます」とアピールするプレゼンテーション資料になります。

プロは、企画書にOKが出ないと小説が書けません。印税の支払いは本が出てからです。

企画書が書けないと、1円たりとも儲かりません。

作家は、企画書が苦手では生きていけないのです。

アマチュアの間から企画書を書いてから長編小説を書くようにしましょう。**小説を途中までしか書けないという方は、先に企画書を作る習慣**をつけてください。航海図（企画書）があることによって、最後まで書けるようになります。

企画書箱書きシートを掲載していますので、拡大コピーして使ってください。

起承転結で書いたストーリーを、章立てして企画書にしていきます。

プロローグ　占いで開運グッズを買ったが、憧れの女子大生とは話しかけることもできずすれ違っただけ。

①（起）第一章　宝くじ売り場で人妻と出逢う。道ばたでばったり再会して、教えてあげるセックス。

②（承）第二章　人妻とのセックス二回目。

第三章　看護婦と出逢ってセックス。

第四章　看護婦と二回目のセックス。

③（転）第五章　階段から落ちそうになった憧れの女子大生を助ける。開運グッズが割れる。

女子大生とセックス。

第六章　女子大生には幸運がやってこない。だが、女子大生はあなたが好きと抱きついてくる。

④（結）エピローグ　就職して寮住まい。女子大生とは恋人同士になる。

一章ごとにエロシーンを入れましょう。

たとえ調教シーンが続く調教ものであっても、ヒロインの乱れた様子を描写したあとには章を改めて日常シーンを描写し、ヒロインの清楚で綺麗なところを読者に見せるようにします。そして、快感をむさぼる彼女との落差を読者に印象づけてください。

コンセプトとあらすじは明確に

章立てができたら、執筆フレームシートを見ながら企画書箱書きシートに登場人物を書き入れていきます。時代とジャンルを書いたら、コンセプト（売り）を考えましょう。

コンセプトはキャッチコピーです。本の帯に書かれる内容でもあります。商品の内容を明確に示すものにしましょう。

あらすじは4行までにしましょう。

私は企画書の書き方を覚えるために、ビジネスセミナーを受けたことがあります。講師の先生は、企業再生を手がける会社の代表者でした。いわゆるハゲタカファンドの社長です。その先生が言っていたのですが、企画書というのは、取締役とエレベーターで1分だけ一緒になったとき、その一分で口頭でプレゼンテーションをして、「よし、君の企画に出資しよう」と言わせるように書くべきなのだそうです。

1分で説明できる内容はたったの5行です。

コンセプトとあらすじは、最も力を入れて書きましょう。

三章

四章

五章

六章

エピローグ

箱書きシート

タイトル

コンセプト

あらすじ

登場人物

プロローグ

一章

二章

タイトルを決めましょう

市販されているポルノ小説は、実は編集者がタイトルをつけています。

ポルノ小説を買うとき、読者はあまり立ち読みをせず、表紙、または背表紙を見てさっと買います。フランス書院文庫はキオスクでもよく売れるそうです。キオスクでは、じっくりと本を選ぶことはできません。見た目の印象が大事になります。

タイトルはコピーでもあるわけですが、コピーのセンスは作家よりも編集者のほうが優れています。

タイトルひとつで売れ行きが変わるそうですよ。

書店営業したとき書店員さんが言っていたのですが、表紙を見たら売上がわかるそうです。出版取次（流通会社）の段ボールを開けて本を出した瞬間にカンが働き、これは売れる、これは売れないとわかるそうです。そしてそのカンが良く当たるそうです。

売れる本は表紙が大きく見える。ぱっと目立つそうなんです。

表紙に掲載されているのは、タイトルとペンネーム、それに表紙画像だけ。そのため、タイトルが大事になってきます。

プロになったら編集者がタイトルをつけてくれるので安心ですが、アマチュアの間は自分でタイトルを付けなくてはなりません。

タイトルの付け方にはいくつかのパターンがあります。これは一般小説にも応用できますので、ポルノ小説、ジュブナイルポルノ、一般小説を交えて説明します。

◇文章にしてしまう

『ママと妹が僕の部屋に入り浸り』『JKハルは異世界で娼婦になった』『鍵のない夢を見る』『最終便に間に合えば』『勝手にふるえてろ』

◇会話文

『いけないこと、しよう』『いっぱい出るのね』『奥さん、入りますけど』『私は白昼牝になる』

『僕には家事妖精なメイドがいます』『ありすさんと正義くんは無関係ですか？』
『赤頭巾ちゃん気をつけて』

◇単語、造語

『哀奴』『処女妹』『恥母』『飼育』『My姉』『日蝕』『共喰い』『abさんご』

◇〇〇の〇〇

単語を「の」で繋ぐやり方です。その場合、**なるべく関連のない、あるいは反対の意味の単語を並べる**のがコツです。

『蝮の舌』『嫁の黒下着』『乙女の密告』『明日の記憶』『炎のミラージュ』『太陽の季節』
『永遠の0』

昨日の記憶は持っていても明日の記憶を持つ人はいないから、なんだろうと思います。

永遠の０は、零戦の０なのですが、永遠が０になることはないので、読者さんの興味を引くいいタイトルですね。

◇○○と○○

単語を「と」で繋ぐやり方です。「の」と違い、**なるべく関連のある、並列の言葉を並べる**ほうがいいでしょう。

『美姉と美弟』『若妻と妹と少年』『花子とアン』

◇オマージュ

オマージュとは、影響を受けた作品と、似たイメージのものを創作することを言います。カッコ内は元ネタです。

『永遠のエロ』（永遠の０）
『快感ウォッチ』（妖怪ウォッチ）

『ウチの妹がこんなにMなわけがない』（僕の妹がこんなに可愛いわけがない）

クスっと笑ってしまいそうなタイトルですね。

著作権法上問題があるのではないか？　と驚かれた方もいらっしゃると思いますが、タイトルには著作権がありません。

著作権は創作物にだけ認められるからです。タイトルは短すぎて創作物ではないそうです。

実はオマージュタイトル、ポルノ以外でもいくつもあるんですよ。

『ブラックジャックによろしく』（ブラック・ジャック）

『君の名は。』（君の名は）

『もし文豪たちがカップ焼きそばの作り方を書いたら』（もし高校野球の女子マネージャーがドラッカーの『マネジメント』を読んだら）

オマージュどころか、渡辺淳一の『失楽園』に至っては、ミルトンの『失楽園』そのまま同じタイトルです。

みなさんも、素敵なタイトルをつけてくださいね。

これで企画書ができあがりました。

企画書は、プロになったらいやほど書かなくてはなりませんから、アマチュアのうちから慣れてしまうほうがいいと思います。Ａ４で２枚～４枚で、コンパクトにまとめましょう。

次のページに私が書いた企画書を載せていますので参考にしてください。

三章	高校の同窓会、みんなちゃんと働いています。お祈りメール（不採用の知らせ）が来て、敬一郎はお酒を過ごしてしまいます。道ばたで吐いてしまった敬一郎を助けてくれたのは、綺麗な女の人。「私、看護婦なの。耳鼻科だけどね」あの耳鼻科の看護婦さんでした。 「そう、そんなことがあったのね。君はがんばっているわ。元気を出して」 看護婦さんになだめられます。 花粉症の薬が無くなったので耳鼻科に行き、看護婦さんにお礼をしたいというと、「私を抱いてくれませんか？」とはじらう。 「だって君って、幸運の青年なんでしょう？」敬一郎は、酔っ払いながら、「どうして俺には幸運がないんだ」と言っていたらしい。しかも、彩乃と友達で、彩乃からも聞いていたそうです。看護婦さんは、敬一郎の嘔吐のあとしまつをしたあと、商店街の福引きで、洗剤セットが当たったそうです。 気持ちがささくれていた敬一郎は、看護婦さんに、ナース服を着たままで、ちょっとイジワルなセックスをします。
四章	看護婦さんと二回目のセックス。 聴診器を使ったり、お医者さんゴッコをして遊びます。優羽は包容力のある女の人で、敬一郎の言うままに何でもやってくれます。 優羽は、遊園地のチケットが当たったり、くじびきでお菓子があたったりしているそうです。私は病院と家を往復するだけだったけど、君のおかげで楽しいわ。ほんとうにありがとう）看護婦さんは、人が良くて、つい人に親切にしてしまって貧乏くじを引いたりするそうです。お酒を過ごしてしまった敬一郎を助けてくれたように、優しい女の人です。 自分には幸運がないけど、人に幸運を与える男というのもいいかなと思うようになります。
五章	面接の帰り、駅の階段から落ちそうになった女子大生をとっさに助けたのですが、そのさいブレスレットがちぎれて飛び電車に当たってボロボロに壊れてしまいます。 ショックを受ける敬一郎でしたが、女子大生は、「いつも書店で逢う方ですよね、助けて頂いてありがとうございます」とにこにこ。 一緒にお茶を飲み、話が弾みます。 そして、セックスします。女子大生は処女でしたが、敬一郎は優しくリードしました。
六章	看護婦さんがくれた遊園地のチケットで、女子大生とデートします。ゆり枝は、人妻とも看護婦とも違っていて、敬一郎自身を好きになってくれて、しかも、敬一郎がリードし、セックスを教え込むことができます。読書の好みも同じで、楽しいです。 「大好きよ」「僕もだ」 メールが来ました。重役面接のお知らせです。
エピローグ	女子大生とデートする敬一郎。就職ができて、会社の社員寮から会社に出勤し、楽しく仕事をしている敬一郎。女子大生と恋人同士で、楽しくすごしています。 占い師のいた街角まで行きますが、あの占い師はいませんでした。

箱書きシート

タイトル	花びらめぐり人妻と看護婦と女子大生と
コンセプト	幸運体液を持つ僕は、美女たちを幸せにしてモテモテになる。
あらすじ	就職浪人中の主人公は、占い師から幸運体質だと言われ、ラッキーグッズを売りつけられる。人妻に向かってくしゃみをしてしまったところ、彼女に宝くじが当たった。自分自身に幸運が来るのではなく、体液をつけた女の人に幸運を分け与える力を持っていることに気がつく。モテモテになって楽しい主人公だが、ラッキーグッズが壊れてしまい……。
登場人物	○田中敬一郎、22歳、偏差値高めの私立大学を卒業したが就職できず、憂鬱な春を過ごしている。就職活動中。ごく普通の青年。 ○高田彩乃（あやの）、27歳、人妻。幼稚園児の子供（女の子）がいる。明るくて無邪気でかわいい感じ。 ○綾杉優羽（あやすぎゆう）、33歳、看護婦さん。優しくてふんわり、包み込んでくれる。 ○森谷ゆり枝（もりやゆりえ）、20歳、聖アグネス女子大学の2年生。同じ本屋でよく顔を合わせる。たまに話をすることもある。
プロローグ	敬一郎は、気まぐれで街角の占い師に占いをしてもらう。「あなたは幸運体質だけど、その幸運がうまく出ていないの。ラッキーグッズを持ちなさい」ブレスレットを腕につけましたが、メールで不採用の連絡がきました。「またお祈りか」女子大生とすれ違う。敬一郎は女子大生に憧れていますが、挨拶する程度でそれ以上に行きません。「ラッキーグッズ、効果ないなぁ」
一章	敬一郎は銀行で通帳記帳をしています。大学卒業と同時に親の仕送りが止まっているため、残高が不安です。くしゃみをしたところ、「きゃっ」と悲鳴があがりました。 宝くじ売り場で並んでいるお姉さんにかかってしまったみたいです。 「すみません。当たってしまいました」「あら、いいのよ」「当たってますよ。おめでとうございます」宝くじが10万円当たっていました。お姉さんは喜びのあまり、敬一郎と手を取り合って喜びます。 その翌日、スーパーでお姉さんと出逢います。「ごちそうしてあげるわ。私の家に来なさい」お姉さんは高田彩乃。幼稚園児の子供がいる主婦でした。彩乃手作りのスパゲッティをごちそうになります。人妻がコップを間違えて水を飲んでしまい間接キスになります。 宅配便が来ます。「ビールが当たったわ！　君って幸運を運ぶ男なの？」「そういえば占いで……」「君は接触した人に幸運を与える男なのかも？　幸運体液の持ち主なのかな？」「僕自身に幸運があるほうがいいですね」「幸運のお裾分けをしてあげる」彩乃に筆下ろしをしてもらいます。
二章	耳鼻科の病院。花粉症の治療です。綺麗な看護婦さんがいます。彩乃と看護婦さんは友達らしい。彩乃は、子供の予防接種で来たそうです。 彩乃が敬一郎のアパートに来ます。 「大学生なの？」「卒業したんですが、就職できなくて」「私ばっかり幸運を貰って悪いわね。何でもやってあげるわ」裸エプロンで、部屋の掃除と作り置きのおかずを作ってくれます。 「もう、君がじぃーって見つめるから、興奮しちゃったじゃないの！私を食べて」敬一郎がリードします。 「君とは今日でお別れよ。夫が昇進して転勤なの。いろいろありがとう」「こちらこそありがとうございます」

キャラ立ての方法

繰り返しになりますが、ポルノ小説はキャラクター小説です。

「こんなにかわいい女性が、僕に甘えてくれる。エッチなことをしてくれる。僕にだけ裸を見せてくれる」という男性の夢を、小説で叶えます。

そのためには、しっかりとキャラ立てをする必要があります。

キャラ立てのテクニックには三つあります。

・エッセンス法

・履歴書を書く

・キャラクターシートを書く

順番に説明していきましょう。

エッセンス法

エッセンス法は、ゲームやアニメ、漫画やドラマに出てくるヒロインからエッセンスを抜き出して、自分の感性を通してまったく新しいキャラクターを作る方法です。

次のページにエッセンスシートがありますので、コピーして使ってください。

①ゲームやアニメ、漫画やドラマ、グラビアアイドル、アイドル歌手、女優などで、「かわいいな」「素敵だな」と思う女性をありったけ書き出してください。

(例:叶姉妹の恭子さん、乃木坂46のセンター、『七つの大罪』のディアンヌ、吉永小百合)

②彼女たちのどこが魅力的なのか書き出してください。

叶姉妹の恭子さんを例にして説明します。

恭子さんの魅力は、ゴージャス、豊満な胸、セレブ、上品、毛皮が似合う。それでいて高圧的ではなく、他人の言うことをちゃんと聞いてくれそう。たしなめると謝ってくれそ

キャラクターエッセンスシート

①ゲームやアニメ、漫画やドラマ、グラビアアイドル、アイドル歌手、女優などで、
「かわいいな」「素敵だな」と思う女性をありったけ書き出してください。

（例：叶姉妹の恭子さん、乃木坂 46 のセンター、『七つの大罪』のディアンヌ、吉永小百合）

②彼女たちのどこが魅力的なのか書き出してください。

（例：ゴージャズ、豊満な胸、セレブ、上品、親しみやすい、素直、優しそう、ボディガード、毛皮のコート、頭が良い）

①③質問②のエッセンスから、あなたが素敵だと思うものを取り出して、文章を補ってください。

（例：上品でゴージャスで豊満で、ドレスに毛皮のコートが似合う財閥のお嬢様。お金持ちなのに高圧的ではなく、他人のアドバイスをちゃんと聞いてくれる。グッドルッキンガイのボディガードがいて、執事のような黒服に身を包み、リムジンで送り迎えをしてくれる）

う。しかも、漫画が好きなんてかわいらしいところもあって、グッドルッキングガイ（ボディーガード）を侍らせている。会話のはしばしに、頭の良さが見え隠れします。

エッセンスだけを取り出しましょう。

ゴージャス、豊満な胸、セレブ、上品、親しみやすい、素直、優しそう、お金持ち、ボディガード、毛皮のコート。頭が良い。

③質問②のエッセンスから、あなたが素敵だと思うものを取り出して、文章を補ってください。

上品でゴージャスで豊満で、ドレスに毛皮のコートが似合う財閥のお嬢様。お金持ちなのに高圧的ではなく、他人のアドバイスをちゃんと聞いてくれる。グッドルッキングガイのボディガードがいて、執事のような黒服に身を包み、リムジンで送り迎えをしてくれる。

はい。これでキャラ立てができました。

上記③のヒロインと、主人公が出逢うには、どんなきっかけがあるのでしょうか。

ヒロインは、ボディガードの目を盗んで逃げ出したことにしましょうか。主人公は、ヒロインをかくまってあげることにしましょうか。ローマの休日みたいなお話ができそうですね。

説明を簡略化するために叶姉妹だけで話を作りましたが、**複数のヒロインからエッセンスを取り出すほうが、キャラ立てが複雑**になりますよ。

こういうことを書くと、わかつきは盗作を奨励しているのか、という人が出てくるのかもしれませんが、**小説やドラマやアニメを見て、あなたというフィルターを通して、まったく違うキャラクターを作り上げたら、それはあなたのオリジナル**なのです。

作家は無から有を作り出しているのではなく、自分の体験やゲームやドラマ、映画などを引き出しにしまい込み、適宜取り出して、自分の感性というフィルターを通して、オリジナルの小説を書いています。あなたがあなたの感性で、叶姉妹をもとにキャラクターを作り上げたとき、それはあなたのオリジナルキャラなのです。

エッセンス法は、キャラ主導でお話を作っていく方法として非常に有効です。

キャラクター履歴書

キャラクター履歴書は、登場人物ひとりにつき1枚書いてほしいです。市販の履歴書よりもっと簡単なものです。

履歴書を書いておくと、書いていくうちにキャラがぶれるということがなくなります。

履歴書は市販のものではなく、私は小説用の履歴書を作って使っています。

血液型は必ず書いてくださいね。

O型はおおらか、B型は変わり者とか、その登場人物にふさわしい血液型があります。

次ページにありますので、コピーして使ってください。

キャラクター履歴書

ふりがな	あだな
名前	

生年月日	性別	血液型
年　月　日 生（満　歳）	男・女	A・B・O・AB

ふりがな
住所　〒

西暦	月	学歴・職歴

西暦	月	免許・資格

キャラクター詳細シート

キャラクター詳細シートは、登場人物の性格や外見や好みを紙に書き出すことです。

私はソーシャルゲームのシナリオライターをしたことがあるのですが、仕事に入る前にゲーム会社からキャラクター詳細シートを渡されます。

キャラクター詳細シートは、登場人物の特徴を書き出したシートです。

ひとつのゲームを数人のライターで書くため、登場人物の口癖や性格を統一する必要があるからです。

しかもソシャゲは登場人物が多いので、キャラクター詳細シートが必要になるのでしょう。

シナリオ教室では、登場人物にインタビューする方法を教えてもらいました。

好きな食べ物は何ですか?

嫌いな食べ物は何ですか?

口癖は何ですか?

登場人物にインタビューをすることによって、性格や考え方や外見をくっきりさせていくやり方です。

登場人物インタビューの簡易版がキャラクター詳細シートなんだなと思いました。

小説を書く前に、キャラクター詳細シートを書いてしまうと、キャラがぶれなくて書きやすくなりますよ。

次のページにキャラクター詳細シートが載せてありますので、コピーして使ってください。

気を付けるポイントは、**枠組みから決めていき、細部は後回しにする**ことです。

細かいところから決めていくと、キャラがぼやけてしまいます。

エッセンスシートは使わなくてもかまいませんが、キャラクター履歴書と詳細シートは登場人物ひとりひとりに作っておくほうがいいと思います。

小説を書く前にこんなにたくさんのことをするのか。面倒だな。と思われた方もいらっしゃると思います。私は、執筆そのものは長編小説1冊1ヶ月で書きますが、企画書を書いたり、登場人物の履歴書、キャラクターシートなどの作成に2ヶ月以上かけます。

執筆する倍以上、場合によっては3倍ほどの時間を、事前準備に費やすのです。

キャラが固まり、ストーリーが全部頭の中に入ってから小説を書くので、執筆時間が短くなるのです。

キャラクター詳細シート

名前（ニックネーム）

性格（例：気が強い、優しい、勇気がある、普通の少年）

一人称（例：私、俺）

他人からどう呼ばれる？（例：課長、義孝くん）

職業

学生のときはスクールカーストのどのあたりか？

家族は？

職場（学校）へはどうやって通っているのか？（例：自転車）

服装（例：セーラー服、ナース服等）

タレントやアニメキャラで似ている人は誰？

外見的特徴（例：笑うと目が糸のように細くなる等）

運動は好き？　どんな運動をしている？

読書は好き？　どんな本を読んでいる？

口癖（例：だるいわね。）

好きな料理（例：激辛カレー）

苦手な食材（例：ピーマン）

趣味（例：お菓子作り）

特技（例：料理）

なぜその特技を持っているのか？
（例：自炊しているから）

王道ヒロインとは何か？

すでに書いたとおり、ユーチューバーやラウンドガール、娼婦やビッチヒロインなどは企画書の通りが悪いです。

大多数に好まれるキャラクターの方が、やはり売れ行きがいいし、評価は高くなります。

では、王道ヒロインとは何でしょうか。思いつくままにあげてみますね。

◇フランス書院文庫などの大人向けポルノ小説

女教師、看護婦（ナース）、ＣＡ（スチュワーデス）、隣の人妻、若妻、新妻、兄嫁、義母、義妹、義姉、シスター、巫女、女性課長、女性社長、女空手家、未亡人、家政婦（お手伝いさん、メイド）、令嬢（お嬢様）、女子大生、女子アナウンサー、保母さん、熟女

◇美少女文庫などのジュブナイルポルノ

メイド、生徒会長、クラス委員、図書委員、メガネ娘、双子、先生、義姉、義妹、エル

フ、お姫様、お嬢様、女神、巫女、嫁、家庭教師、シスター、アイドル

王道ヒロインは時代によって変化していきます。

現在、大人向けポルノ小説では、家政婦やお手伝いさんが人気ですが、十年前には見かけなかったキャラクターでした。男性読者が疲れてきて、世話をしてくれる優しい女の人にあこがれを感じているからでしょう。

ジュブナイルポルノではエルフが人気ですが、10年前には見かけなかった登場人物でした。エルフの神秘的な美貌と優しげな雰囲気が魅力的に見えるのでしょう。

王道は大事です。ですが、時代は変わります。あなたはあなたの好きなヒロインを書いてください。あなたの好きなヒロインがたとえ今の主流でなくても、あなたの好きなヒロインが人気になる時代がいつか来ます。

あなたが好きなヒロインが王道です

あなたはアイドルが好きですか？「推し」のアイドルを総選挙上位につけたくて、ＣＤを何十枚も買っていますか？　コンサートや握手会に行き、グッズを山ほど買っていますか？　もしもあなたがそうだとしたら、あなたはアイドル歌手をヒロインにしたお話を書くべきです。

あなたはアイドルのどういうところが好きですか？

一生懸命なところでしょうか。フリフリの衣装でしょうか。強い光を宿した瞳でしょうか。さらさらの黒髪でしょうか。ダンスでしょうか。歌でしょうか。アイドルグループのみんなが仲よさそうに見えるところでしょうか。

たぶんあなたは、アイドルの良さについて語り出すと止まらなくなるはずです。あなたはアイドルがなぜ魅力的なのか知っているからです。そしてそれは、あなたの武器になります。

私たち作家は、編集者から「〇〇ヒロインで書いてください」と言われます。編集部としても、女教師ものばかり3冊を同じ発売日に出版するのは避けたいのです。女教師もの3冊を同時発売すると、よく売れる本、ほどほどに売れる本、ぜんぜん売れない本と売上が別れます。

それならいろんなヒロインを出版するほうがいい。

そのため、アイドルには興味のない作家が、編集の指示でアイドルものを書くということが起こります。時間のない中で、たいして関心のないヒロインを書くと、表層をなぞっただけのものになります。

こんな例があります。プロの書いたジュブナイルポルノで「メガネっ娘《こ》」ばかりをヒロインにした小説がありました。私はそれを読んで、編集に言われて嫌々書いたんだろうな、と思いました。ヒロインがメガネを掛けているだけだったからです。

メガネ娘がなぜ魅力的なのか？　理知的でまじめそうな雰囲気があるからですよね。怜悧で、人を拒んでいるかのような彼女が、主人公にだけ甘えてくれる。メガネを外したときの顔は、主人公しか知らないという独占欲も満足できます。あるいはちょっと野暮ったいところが、男性読者の庇護欲を誘うのかもしれません。

こうした、**「なぜ魅力的なのか？」という、魅力の本質の部分を理解しようとせず、表層をなぞっただけでは、抜ける小説は作れません。**

プロ作家は小説を書き慣れているし、そこそこ上手いです。心はどこかよそに置き、うわべ三分の手癖で書いても、それなりのものを作り上げてしまいます。

アマチュアであるあなたの小説は、プロ作家が小手先で書いたものに比べてつたないかもしれません。

でも、アイドルの握手会に行き、コンサートに通い詰め、CDを何十枚も買うあなたの小説のほうが、ヒロインが生きています。

「私はアイドルが好きなんだ」というあなたの熱は、同じ好みの読者さんに刺さります。

ポルノ小説は技術ではなく、作家の熱で売れるのだと、私は思っています。

Chapter 6

エッチな文章はこうして書く

ポルノ小説は特殊なジャンルです

ポルノ小説には、一般小説にはない特徴があります。それは、セックスシーンを書いて、読者さんにスッキリした気分になってもらうことです。

たとえ、**どれほど文章力が高くても、どれほどお話が波瀾万丈であろうと、どれほど文学性が高かろうと、抜けなければ何の意味もありません。**

そのため、小説としては邪道ですが、官能性を高めるためにわざと小説技法を無視して書く場合があります。

この章では、本来の小説技法と、ポルノ小説ならでは書き方の両方を説明します。

また、一般小説よりも強調するべきところについても説明します。

エロシーンは、視点が移動してもいいんです

まずは小説の基本から。本来の小説技法では、人称と視点は統一する必要があります。人称には、一人称、二人称、三人称があります。

◇一人称

僕は～　私は～

腹が減ったなぁ。僕は冷蔵庫を探した。

私は腹を立てていた。どうして私が、休んだ派遣社員の分の仕事をしなくてはならないの？

私はパソコンに向かうと、猛然と伝票を入力した。

◇二人称

君は、諸君は、あなたは、おまえは、貴兄は

君は仕事の厳しさに立ちすくむことであろう。
諸君、いまこそ立ちあがろうでないか。

◇三人称

彼は、彼女は、友里恵は、青木社長は、校長は、長谷川は、昭博は

彼女は花をちぎった。
長谷川は妻の友里恵に向かい合った。

このうち、二人称は小説には不向きです。芥川賞受賞作の「爪と目」（藤野可織著）が、珍しい二人称小説ですが、芥川賞に挑戦しようというのでなければやめたほうが無難です。ポルノ小説では二人称小説はNGです。

一人称で書くときは、一人称で統一しましょう。

三人称で書くときは、三人称で統一しましょう。

一行の中で、一人称と三人称が混在すると、読者は混乱します。


私は腹を立てていた。どうして瞳子が、休んだ派遣社員の分の仕事をしなくてはならないの？

私はパソコンに向かうと、猛然と伝票を入力した。


と書くと、私と瞳子が同一人物だと思えず、私と瞳子が二人いるように読めてしまい、わけがわからなくなります。

視点には神視点と一元視点があります。

神視点は、さながら高いところから見下ろしているかのように、登場人物全員の考えていることや見ている内容を書く方法です。


メロスの十六の妹も、きょうは兄の代りに羊群の番をしていた。よろめいて歩いて来る兄の、疲労困憊《こんぱい》の姿を見つけて驚いた。そうして、うるさく兄に質問を浴びせた。

「なんでも無い。」メロスは無理に笑おうと努めた。（「走れメロス」太宰治）

妹が見たメロスの様子や、妹の驚いた気持ちを書いたあとで、メロスの気持ちも書いてあります。「うるさく兄に質問を浴びせた」までは妹視点。「なんでも無い。」からはメロス視点です。

メロスからは妹の心の内はわからないし、妹からはメロスの考えていることはわかりません。わかるのは神様だけです。さながら神様が書いているかのような書き方を神視点と言います。

一元視点は、メロスが見ているものだけを書く方法です。

先の文章をメロスの三人称一元視点に書き直してみましょう。

メロスは、羊群の番をしている妹を見てほっとしていた。十六歳の妹は驚いている様子で、メロスにうるさく質問を浴びせてくる。

「なんでも無い。」疲労困憊だったが、メロスは無理に笑おうと努めた。

「走れメロス」は1940年発表です。昔は神視点で書くのが普通だったのですが、今では一元視点がほとんどになっています。

戦前において読書は、作家という神の箱庭を楽しむものでした。

ですが、戦後、欧米の個人主義の考え方が広がり、読書は主人公になりきって楽しむ娯楽に変化しました。作家は神ではなく、読書という娯楽の提供者に変わったのです。

ポルノ小説は文芸でも文学でもない。ポルノ作家はポルノ小説という娯楽の作り手です。

ポルノ小説は、読者＝主人公でなくてはなりません。

魅力的な女の人とセックスできる楽しみを、読者に提供しましょう。

視点者は男がいいのか？　女がいいのか？

ポルノ小説は、読者さんは主人公になって、エッチな体験を楽しむ物語です。

乙女系は主人公を女性、男性向けポルノ小説は主人公を男性にするべきです。

ですが、一元視点では、主人公視点でしか話が展開できないため、エッチ度が下がります。

男性読者は、男性が感じている様子だけではなく、ヒロインが感じている描写を読みたいと思っています。

男性読者で、ヒロインに感情移入して読む人もいるんですよ。

AVでも、エロ漫画でも、現実のセックスでも、ヒロインが気持ち良くなっている様子はポルノ小説でしか読めません。ヒロインがどんな風に感じて、どんな風に絶頂を迎えるかは、ポルノ小説における読ませどころなのです。

そのためプロ作家は、セックスシーンだけ神視点で書いたり、頻繁に視点移動をしたりします。小説の書き方としては邪道なのですが、エロさを追求するためにわざとやっているのです。

ですが、新人の方が、視点の混乱がある小説を投稿すると、編集者は「わかってないな」と思います。つたなく見えてしまうのです。

新人の方がポルノ小説を投稿するなら、視点を統一しましょう。

男性側から女性側へ視点移動するときは、一行開けて、ここから視点が変わっていますよ、と合図した上で、ヒロイン視点で小説を書きましょう。

ポルノ小説の冒頭は、死体を転がさなくてもいいんです

冒頭で死体を転がせ。

シナリオ教室に通っていたとき、教えてもらった言葉です。当時はピンと来なかったのですが、新人賞の下読みをしたり、小説教室をするようになって、はじめて意味がわかりました。

初心者の小説は、おもしろくなるまで時間がかかるのです。

下読み（一次選考）をしていたとき、たくさん読んだのがこの書き出し。

ジリリーン。
目覚まし時計のベルが鳴った。

ジリリーンではじまる投稿作が多いんです。

またこれか、とげっそりします。投稿作の一割ぐらいはジリリーンです。

彼と彼女が電車の中で出逢い恋愛する話なのに、彼が目覚まし時計のベルで目を覚まし、顔を洗って歯を磨き、スーツを着て、目玉焼きを作って朝ご飯を食べて、食器を洗って戸締まりをします。こうした日常の退屈なシーンが何十枚も続き、げっそりした頃にやっと、彼と彼女が電車の中で出逢います。

彼と彼女が出逢うシーンからはじめてくれたらいいのにと思います。

下読みは全部読みますが、読者は冒頭が退屈だと買ってくれません。

本屋さんで表紙を見て、裏表紙のあらすじを読み、冒頭をちょっと読んでレジに持って行くかどうか決めます。

あなたの小説がどれほど魅力的であろうと、冒頭で読者を引きつけないと読んでもらえないのです。

おもしろいシーンを出し惜しみすることなく、冒頭から出してください。

ミステリーは冒頭で殺人を、恋愛小説は冒頭で出逢いを、時代小説は冒頭でチャンバラシーンを書いて、読者を引きつけてください。

……と、ここまでが本来の小説技法です。

では、ポルノ小説の冒頭は、エロシーンからはじめるべきでしょうか。

結論から先に言うと、女体遍歴ものや調教ものなど、一部の小説以外は、エッチシーンからはじめないほうがいいでしょう。**ヒロインのキャラ立てができてないときに裸を出してもありがたみがない**のです。どうでもいい女の子と主人公がくんずほぐれつしていても、エッチさはないと思いませんか。

また、ポルノ小説の読者は立ち読みをしません。表紙だけを見てぱっと買います。勃《た》ち読みになってしまうからです。

繰り返しになりますが、ポルノ小説はキャラクター小説です。冒頭で書くべきは、ヒロインの魅力です。彼女がどれほど綺麗でどれほど清楚でかわいいかを書いてください。そして、読者さんを、ヒロインに惚れさせてください。

ポルノ小説は冒頭で死体を転がさなくてもいいんです。

気持ち良かったと書かず、気持ちの良い様子を書いてください

説明をするな描写をせよ。

これは私が25年ほど前、小説教室に通っていたとき、先生に言われた言葉です。先生は純文学作家でした。説明をするな描写をせよというのは、一般小説を書く上でのルールです。描写には情景描写、心理描写、外見描写があると前述しましたが、説明とは何なのでしょうか。

外に出ると暑かった。陽炎が立ち上っている。

これは説明です。説明とは、ビジネス文書や取り扱い説明書でよく目にしますね。感情を交えず、論旨を明快にして、簡潔に書いた文章です。

意味は伝わりますが、それだけです。

先の文章を描写してみましょう。

冷房の効いたビルから外に出ると、ムワッとした梅雨の終わりの空気が俺を包んだ。七月初旬に特有の生臭いような匂いとサウナのような外気にさらされ、スーツがたちまち汗ばんだ。メガネの内側が白く煙った。あたりの景色が揺らめいて見える。熱せられたアスファルト地面から、陽炎が立ち上っているせいだ。

暑いと一言も書いてないのですが、息苦しいほどの暑さが伝わってきます。

小説は文字しかありませんが、情景や心理や外見を描写することによって、ビジュアルや感触を持って迫ってくるのです。

ポルノ小説は、一般小説以上に、描写が大事なジャンルです。

ヒロインのかわいさは、外見も内面も描写してほしいのです。

セックスしている最中のヒロインの乱れようや、乳房がぷるぷる揺れる様子や、彼女の目尻が赤く染まっている様子や、陶酔の表情、汗ばんだ肌の手に張り付くようなしっとり感、女子高生特有の甘酸っぱい汗の匂い、さらさらの黒髪のひんやりした感触を書いてください。

挿入して気持ち良かった。

と説明するのではなく、描写しましょう。

ぐっと腰を進ませると、先端が膣口にめりこんだ。みっしりとヒダを集めてすぼまっている膣壁を、亀頭のエラでかき分けるようにして進入する。やがて最奥に行き着いた。熱くたぎった蜜壺が、剛直をふんわりと包んでいる。

どうです？　気持ち良さそうでしょう？　みなさんも、描写を重ねて、気持ちいい文章を書いてくださいね。

主語を補って具体的に書きましょう

はじめに悪い例を説明します。

書棚の前に立ち、本を選んでいた。

小説の文章、とくにポルノ小説の文章としてはNGです。どこが悪いかわかりますか？説明になっているから？　その通りです。

もうひとつあります。主語がなく、具体性がないからです。誰がどこでどんな本を選んでいるか書かれていません。読者は、名前もわからない主人公に共感することはできません。

百合子は書店の書棚の前に立ち、おせち料理の本を選んでいた。

なら、百合子は、おせち料理をはじめて作る若妻でしょう。エプロンが似合いそうな、清楚でかわいい女性でしょう。

絵里香は大学図書館の刑事訴訟法の書棚の前に立ち、判例集を選んでいた。

だと、法科大学院の才媛が、司法試験のために勉強しているのでしょう。

名前とどんな本を選ぶかは、キャラ立ての重要な要素です。なるべく具体的に書きましょう。

日本語は主語が省略できる言語です。そのため、主語を省略して書く人がいて、初心者の小説には、主人公の名前がなかなか出てこないものがあります。

芥川賞受賞作の「死んでいない者」（滝口悠生著）が、主語をわざと書かず、語り手をあいまいにする書き方でした。

一般小説でも、主語は省略したほうがいいという意見もあります。くどくなるからだそうです。ですが、**ポルノ小説は、読者が男性主人公に共感して、ヒロインとセックスする快感を疑似体験する**小説です。

主語は省略せず具体的に書いて、ヒロインのキャラ立てはくっきりさせてください。

Chapter 7

ポルノ小説の練習法

AN ENCOURAGEMENT OF SUNDAY PORN WRITER'S

描写の練習をしましょう

ポルノ小説は、描写が大事なジャンルです。情景描写はほどほどでいいのですが、外見描写と（エロに繋がる）心理描写はしっかり書いて頂きたいです。

描写は一朝一夕に上手になるものではありません。

描写の練習方法には次のようなものがあります。

綺麗だと書かず、彼女の綺麗な様子を書いてみましょう。


着物姿で立っている彼女は、御所人形のような美貌の娘だった。柔らかな弧を描く眉に切れ長の瞳、秀でた鼻筋、桜の花びらのような唇、まっすぐな黒髪。顔立ちの整った少女にありがちな高慢さがないのは、彼女の纏うどこか古風で控えめな雰囲気のせいかもしれない。

こう書くとおっとりした雰囲気の和風美少女になるし、次のように書くときりっとした才媛になります。

顔立ちそのものはかわいい系のバランスなのに、彼女の表情には甘やかなものはなかった。強い光を宿した黒い瞳は天才科学者の名をほしいままにした自信とオーラが感じられる。白衣のポケットに手を突っ込み無造作に立っている姿は老成して見えたが、彼女はまだ二十五歳なのである。

登場人物の外見を書くことは、キャラ立てにつながります。和風美少女が白衣を着ているとおかしいし、天才科学者が着物だと変ですよね。

他にも、次のような練習をしてみましょう。

寒いと書かず、寒い様子を書いてみる。

おいしいと書かず、おいしい様子を書いてみる。

悲しいと書かず、悲しい様子を書いてみる。

うれしいと書かず、うれしい様子を書いてみる。

悔しいと書かず、悔しい様子を書いてみる。

淋しいと書かず、淋しい様子を書いてみる。

私はデビュー前、本を読んでいて上手だなぁと思う描写があれば、創作ノートに書き写していました。

描写は難しいという方は、「日本語表現インフォ」(http://hyogen.info/) を参考にしましょう。日本語表現インフォは、描写ばかりを集めたサイトです。

かわいいで検索すると、

てんとう虫のように可愛らしく　吉田修一『悪人』に収録

など、小説中のかわいいが出てきます。『悪人』は私も読みましたが、出逢い系サイトで知り合った客が相手の女性を「てんとう虫のように可愛らしく見えた」と評しているシーンですね。てんとう虫のようにという描写は、あまり出てこない文章なので印象的で、創作ノートに書き留めたことを覚えています。

このサイト、とても便利ですが、参考にするだけにしてくださいね。そのまま書いてはダメですよ。

描写は、絵ではデッサン、舞台では俳優さんの演技力に相当します。描写の練習をすると、筆力がはっきりと上達しますよ。

創作ノートを持ちましょう

小説なんて書くネタがない、という人は、ネタ帳（創作ノート）を持ち歩きませんか。

私は、ボールペンを挟んだ手帳を持ち歩き、創作ノートにしています。100円均一で売っている3冊108円のノートです。USJやディズニーランドでもらったシールでデコッています。

長編小説を書いているときは、次の展開やセリフをメモしたり、テレビを見ていて不思議に感じたことや、カフェで聞いた恋人たちの会話、観た映画の感想、読んでいる小説で、うまいなと思った心理描写を書き出したり、電車で聞いた女子高生の会話をメモしたりしています。

博物館に行ったときや講演会を聞いたときは手帳を使い切るほどメモを取ります。私さえわかればいいので、殴り書きです。

そして、小説を書いていて展開に悩んだときや、企画書がまとまらないとき、ノートを眺めています。

作家は、無から有を生み出しているのではなく、人生経験や読書や映画鑑賞、音楽、ゲームやドラマ、アニメなどを自分の中の引き出しに納め、適宜取り出して創作しています。**引き出しの中の部品を、自分というフィルターを通して全く新しい創作物に組み直しているのです。**

ノートを取る行為は、引き出しに納める行為です。

走れメロスを一元視点で書き直してみる（視点の練習法）

視点を固定する文章を書く練習には、**『走れメロス』をメロス視点で書き直す練習方法**

があります。

『走れメロス』はほとんどがメロス視点で書かれているのですが、ところどころ暴君ディオニス王の視点になったり、妹の視点になったりします。

走れメロスを暴君ディオニス王の視点で書き直すのです。

あるいは、友人のセリヌンティウスを主人公にして書き直してもいいですね。メロスが来ないと自分が処刑されるという緊迫の中で、メロスを信じて待つセリヌンティウスの不安を描くのです。

文豪の小説を書き直すのか、とびっくりされる方もいらっしゃると思いますが、小説は時代に合わせて変わっていきます。

インターネットでは「青空文庫」(http://www.aozora.gr.jp/cards/000035/files/1567_14913.html) に全文掲載されています。

青空文庫は著作権が切れた小説を掲載するサイトです。

アニメや漫画、映画やドラマの「書かれていないエロシーン」を書く

ポルノ小説の華はエロシーンです。エロシーンは官能的に書いてほしいですね。

エロシーンの練習には、全年齢のドラマやアニメを見て、書かれていないセックスシーンを書く方法があります。

まるで二次創作のようですが、元ネタのヒロインをそのまま書くのではなく、ヒロインの魅力の本質だけを取り出して、あなたというフィルターを通してキャラ立てしましょう。あなたの好みのキャラクターをヒロインにして、主人公をあなたにして、セックスシーンの練習をするのです。

これはとても楽しいですよ。ぜひやってみてください。楽しく練習して筆力を上げてくださいね。

写経する

文章の練習には、写経が有効です。一作全部丸写しをするのです。手間がかかるように思えますが、パソコンでかまわないので、はじめから終わりまで全部書き写してください。嘘のように上達します。

小説を書くとき、いちいち考えながら文章を書いているのではなく、頭の中でイメージすると同時に、指先から文字が出ていきます。

みなさんも、ブログやツイッターを書くとき、あるいは大学の論文や高校の作文、会社の報告書を書くとき、考えると同時に文字が生まれているのではないでしょうか。ブログはいくらでも書けるのに、小説を書こうとすると止まってしまって文字が出てこないのではありませんか？

それは、**みなさんの頭の中に、小説を書くためのアプリ（ソフトウエア）が入ってないから**です。

あなたが報告書が書けるのは、報告書をたくさん読んでいるからです。報告書を書くためのアプリが頭の中に入っているから、考える早さで文字が打てるわけです。

あなたがツイートできるのは、ツイッターを使っているからです。何万というツイッターを読んでいるからです。

なのに小説だけ、頭の中にアプリができないのはどうしてでしょうか。

人間は本を読むとき、一言一句全部読んでいるわけではないのです。セリフを読み、情景描写は飛ばして読んでいます。目が滑ってしまい、文章を読み飛ばしてしまったりもします。誤字は頭の中で修正して読んでいます。

書いているほうは真剣でも、読むほうは娯楽なのですから、適当に読み飛ばして当然なのです。

写経すると、読んでいるときは読み飛ばしていた情景描写がわかります。文章を一文字一文字書き写す行為によって、頭の中に小説アプリがインストールされます。

ですが、写経は、その作家の悪いところまで身につけてしまうので、教科書の選定には注意してくださいね。

選ぶ本は、あなたが読んだ本の中で、こんな小説を書きたいと思った一作にしましょう。

ｉｆ（もしも）を考えるストーリートレーニング

ポルノだけではなく、一般小説の執筆にも役に立つ方法です。

一話完結の映画やドラマ、アニメを見るたび、あるいは小説を読むたび、創作ノートにあらすじを書き出します。このあらすじを元にして、ｉｆを考えるのです。

・私ならこうする、を考える
・脇役を主人公にしてあらすじを書き直す
・もしもここで××が起こったらどうなる、とｉｆを考える

映画を見ていると、こうすれば面白くなるのに、ここで助けが来るとカッコイイのにと思うところが出てきます。

私ならこうする、の部分を加えて、あらすじをもっとおもしろいお話になるよう書き直していくのです。

ストーリーのｉｆを考えるのも、トレーニングには有効です。

メロスは濁流となった川に行く手を阻まれるのですが、もしもここで川を渡ることができず、下流に流されてしまったらどうする？　襲ってきた盗賊と意気投合したらどうする？　と考えるのです。

私は特撮が好きで、とくに戦隊ものが好きでした。戦隊ものは30分で一話完結なので、ストーリーのトレーニングにはちょうどよかったのです。特撮を見ながら創作ノートにあらすじを書いていました。

私は今でも創作ノートを持ち歩いていて、映画を見たり小説を読んだりドラマを見るたび、あらすじを書いています。

Chapter 8

▼

小説が書き上がったら

An Encouragement of Sunday porn writer's

推敲しましょう

書き上げてすぐ推敲するのではなく、一晩置いてからにしましょう。

書き終わるとライターズハイで興奮状態になっています。そんなときに読み返しても、俺の小説はどうしてこんなにおもしろいんだと感動するだけです。そしてその興奮は100%勘違いです。一日経って落ち着いてから、冷静に推敲しましょう。

文章の書き方の本には、推敲はすればするだけ良くなるとか、声に出して読んでみましょうとか書いてありますが、推敲は一回だけ、声に出して読むのもやめましょう。

小説教室をしていて思うのですが、書き直せば書き直すほどお話がぼやけて来ます。文章がくどくなっていき、お話のおもしろさがどんどん減っていくのです。

小説は美文でなくてもいいのです。小説は**あなたの物語を人に伝えるために書くのですから、簡潔で読みやすい文章**にしましょう。

推敲を重ねてこねくり回した文章より、小説家になろうに読み返しもせずにアップされた文章のほうが読みやすかったりするのです。

また、声に出して読むのもお勧めできません。文章を読むときと聞くときでは、頭の働きが違うので、音読向きの文章と小説の文章はイコールではありません。

それに、ポルノ小説を声に出して読むのは、罰ゲームじゃあるまいし、私は嫌です。

推敲のときにチェックするポイントは次の通りです。

パソコンの画面上で読むのではなく、いったん印刷して、紙の上で推敲しましょう。必ず縦書きで。

・一章にひとつ抜きどころがあるか
・擬音と匂いと感触と体温を書き足そう
・誤字脱字のチェック
・同じ文章の頻出と、重言に気をつけて、主語を補おう
・冒頭はテンポ良くはじまっているか
・主人公の名前は冒頭に出てきているか？
・最終章は盛り上がっているか？

市販のポルノ小説は、プロローグ、第一章……第六章、エピローグで構成されています。一章ごとにひとつエロシーンを入れて、抜きどころを作りましょう。

初心者がポルノ小説を書くと、はじめは説明だらけ、後半は怒濤のエロになるのですが、エロシーンの量は一章から六章まで同じ程度が望ましいです。

はじめが退屈だと、残りを読んでもらえませんよ。

擬音と匂いを書き足すのは、官能性を高めるためです。

ポルノ小説は官能小説とも言います。すなわち、匂い、音、感触、体温を書く小説です。

一般小説を書いている人は擬音を書きませんね。

擬音を書くと軽くなるとか、擬音は安易だから嫌いだとかおっしゃいます。ですが、ポルノ小説は安易でいいんです。

音はエッチ度を高める大事な要素です。ベッドがきしむ時のぎしぎし音であるとか、フェラチオのときのぺちゃぺちゃ音、ディープキスのちゅぱちゅぱ音を書き足しましょう。

匂いや感触や体温も書き足してほしいです。ペニスに感じる膣ヒダの感触や熱さを描写しましょう。**書きすぎるかな、ぐらいに書いてちょうどいい**ですよ。

誤字脱字のチェックをするとき、同じ文字が頻出していないかチェックして、言い換えをしてください。同じ文字がいくつも出てくると目が滑り、読者が読み飛ばしてしまいます。校正者がチェックするポイントでもあります。

文例をあげましょう。

気楽な娯楽として楽しんでいる。

には楽が三つも出てきます。同じ文字が繰り返されると、楽から楽まで読み飛ばしてしまいます。目が滑るという現象です。

また、娯楽として楽しむは、同じ意味を二つ重ねているため、重言《じゅうげん》になり、日本語としてはNGです。

「永久《とわ》の永遠」「頭痛が痛い」や「馬から落馬した」「色が変色した」「最後のラストシーン」「敷布を敷いた」も重言になります。

気づかずに使っていることが多いので、推敲のときに気をつけてチェックしてくださいね。

また、主語は省略しないでください。

幼なじみの両親がクリーニング業を営んでいた。

これは小説教室の受講生の作品にあった文章なのですが、主人公に幼なじみがいて、その親がクリーニング業を営んでいるように読めますよね。

ところが受講生は、主人公の両親の知り合いがクリーニング業を営業しているという意味で書いていました。

「両親の幼なじみ」と「幼なじみの両親」で、意味が全く違ってきます。言葉の順番を入れ替えるだけで、意味が変わってしまう場合もあるので注意してください。

さらに、主語を省略していることも原因です。「僕の」両親の幼なじみが、と一人称の主語を入れて書けば作者の言いたいことがそのまま読者に伝わりますよね。

初心者の小説は冒頭が冗長です。日常シーンや、人間関係の説明ではじまっているときは、冒頭をバッサリ削ってください。

主人公の名前は冒頭に出てきますか？　一人称で小説を書く場合、初心者の方の小説だと、主人公の名前がなかなか出てきません。何十枚もめくってから、ようやく主人公の名前がでてきます。

名前は主人公の情報であり、キャラ立ての重要な要素です。読者は名前もわからない主人公に共感することができません。名前は冒頭で出してくださいね。

最終章は盛り上がっていますか?

女体遍歴ものは、もっとも魅力的なヒロインとの、めくるめくセックスを書いてください。

ハーレムものは、3P、4Pで盛り上げてくださいね。ダブルフェラもウグイスの谷渡りも書いて、女の人の味の違いをかき分けてください。

誰かに読んでもらって意見を聞きましょう

投稿前に、誰かに読んでもらって意見を聞きましょう。

ですが、ポルノ小説を読んでもらう、というのはなかなか難しいものがあります。

私はアマチュア時代、小説同人誌に参加したり、小説教室に通ったりして、小説を読んで意見を言ってもらいました。自分では気づかない説明不足や矛盾を指摘してもらえるからです。

小説を読んでもらえる人がいないときは、1ヶ月後に再度読んでみましょう。

1ヶ月経ったら細かいところを忘れているので、冷静に小説を読むことができます。

改稿するときは、悪いところを無くすのではなく、良いところを伸ばしましょう

誰かに読んでもらい、意見を聞いて改稿するときのコツは、人の意見を全部取り入れてしまわないことです。素直な人ほど、悪いところを直そうとするのですが、悪いと言われたところは直さないでください。

小説の悪いところを直していけば、小説は良くなるのでしょうか？

私は違うと思います。

悪いところを無くすと、何のおもしろみもない、無味無臭な小説ができあがるだけです。

ヒロインのセリフや行動があざといから悪い？

いいえそれは、読者を喜ばせようとするあなたのサービス精神の発露です。

女の子が尻軽だから悪い？

いいえそれは、あとくされなくセックスできるという男性読者の夢の具現です。

残酷だから悪い？

いいえそれは、読者さんを引きつけるあなたの小説の魅力です。

文章が軽いから悪い？

いいえそれは、読みやすさであり、あなたの小説の良いところなのです。

私自身がそうだったからです。

前述したように、私のナポレオン大賞受賞作は、別の編集者に「女の書いた甘ったるいポルノ小説なんて売れるわけがない」と言われたものでした。ですが、それが大賞受賞。そして売れました。

甘々なところが私の小説の魅力であり、読者さんを引きつけるポイントだったのです。

パッと目立つ悪い部分は、その小説の魅力であり、あなたの武器です。

小説の悪いところを削るのではなく、良いところを伸ばしましょう。

Chapter 9

プロになったら

An Encouragement of Sunday porn writer's

会社員と作家が両立しづらくなってきたら

前述しましたが、新人作家に編集者が開口一番に言うことは「会社は辞めないでくださいね」です。

ジャンルに関係なく、作家を大事にしようとしている編集者なら必ず言います。年に1冊や2冊の出版なら会社員と兼業できますが、会社の残業が多くなり、しんどくなってきたらどうしたらいいのでしょうか？　あるいは小説家の仕事が順調で、もっと小説を書きたくなったら？

もしもあなたが公務員だったり、上場企業の社員だったりするのなら、会社を優先して、小説のほうをセーブするべきです。

作家は、売れないと次がありません。スランプに陥っていきなり書けなくなるかもしれません。本が出ないと収入が途絶えてしまいます。

担当編集者に事情を説明しましょう。小説が書き上がってから出版ラインナップに入れるようにしてくれます。編集者も会社員ですから理解してくれます。

小説を優先しろと言って全人格労働を強いる編集者もいますが、それはその担当者がおかしいだけです。編集長に言って善処して頂きましょう。

私の体験では、前倒しの締め切りを言いつけては放置し、今日中に直せを繰り返す編集者がいました。ライトノベルの若い編集者でした。

「母親が癌闘病の最中で、意識がありません。いつ様態が変わるかわからないので、4時間で直すことは物理的に不可能ですので、直し指示を早めにだしてもらえませんか」

と頼んだら、

「それがどうかしましたか？　仕事ですよね」

と言いました。当時は気がつきませんでしたが、パワハラですよね。

私はなんとかその仕事をのりきって、そぅっと逃げたのですが、その編集者はその後問題を起こして会社を辞めました。

自分の進行管理能力の欠落を、作家に無理を強いることで補っていたのですから、そもそも会社員としての能力が低かったのだと思います。

まともな編集者は、作家に無理を強いません。

あなたの小説は、年に1冊しか出版されないかもしれません。
だったらその1冊に、熱意をぶつけましょう。

作家の熱は、読者に必ず届きます。

専業作家が手癖で書き散らした小説より、年に1冊のあなたの本を選ぶ読者が必ずいます。

確定申告のとき、職業欄を××にしないと税金が高くなります

確定申告のとき、作家であるあなたは、職業欄を「文筆業」にしましょう。

カッコイイからと言って、「マルチメディアクリエイター」とか、「プランナー」とか、「デザイナー」とか書かないでください。

事業税という税金があるのですが、文筆業は事業税の対象外なのです。

作家（文筆業）は本来、事業税を払わなくてもいいのですが、困るのは、版元（出版社）が間違えた支払調書を送ってきた場合です。私の場合は、「印税」なのに「デザイン料」になっ

ていました。

デザイン料＝デザイナーですから、そのまま税務署に出してしまうと、事業税の対象になって、払わなくてもいい税金を払うはめになります。

「デザイン料」など、違う内容で送られてきた場合は、担当編集者に、「お間違いですので、正しいものに作り替えてください」と電話してください。

担当者は断ります。たぶん迷惑そうに断ります。「金額が間違えてないならそれで出してください」と言います（実体験です）。

これは仕方のない部分もあります。確定申告の時期は年度末で、会社員（編集者）にとって一年で一番忙しいシーズンなんですね。会社員は確定申告関係ないので、事業税なんて知らない。

「原稿料でもデザイン料でも同じだろ？　なんでそんなことを書き直さなくちゃならないんだろう？　こっちは忙しいのに」って思ってる。

多少うるさがられても、引き下がったらダメです。正しい支払調書を出してもらいましょう。

お金のことはきちんとするべきです。他人のミスで払わなくてもいい税金を払うなんてアホらしいですからね。

税理士を頼む基準

確定申告には、白色申告と青色申告があります。

白色申告は、申告用紙が白く、青色申告は用紙が青いです。これ本当なんです（今はパソコンや電子申告の普及で青い紙は使わなくなりましたが）。

白色申告は申告が簡単ですが、経費以外の控除額はありません。兼業作家は白色で大丈夫です。

青色申告は帳簿を付ける必要があるので申告が大変になりますが、控除額が10万円または65万円になります。帳簿をつけるのに手間がかかるぶん、税金を負けてあげますよ、という考え方です。

帳簿付けには、専用のソフトがいくつか出ています。作家はやよい会計を使っている人が多いようです。経費や収入を入力をしたら、申告書類を作ってくれます。今はクラウドサービスで簡単に申告できるシステムもあるので、青色申告もそれほど大変ではなくなってきました。

一年間の印税&原稿料収入が300万円ぐらいまでなら白色で充分。

300万円を越えたら青色申告にしましょう。

そして700万円からは税理士に頼みましょう。節税してくれるので、税理士報酬を払ってなお安上がりになるそうです。

企業の顧問税理士を専門にやってる税理士さんは高いですが、漫画家や声優、作家を顧客に多く抱えている税理士さんは安いですよ。

顧問料は月あたり1万円~1万5000円ほどです。作家のすることは領収書と通帳のコピーを三ヶ月に一度税理士事務所に送るだけです。

私はこのところ年収500万円前後なので、領収書の入力を自分でやって、申告だけ税理士さんにしてもらっています。丸投げのときに比べると、税理士報酬が安くなります。

税理士の見つけ方

税理士さんの見つけ方ですが、先輩作家に紹介してもらうのが一番です。作家の仕事というのはけっこう特殊です。地方の税理士事務所だと、作家の顧客がひとりもいないところがあり、作家の仕事を知らない税理士事務所もあります。

私は千葉から奈良に引っ越したとき、家の近くの大きな税理士事務所に頼んだのですが、税金がいきなり高くなりました。

1年目はたまたまなのかなと思ったのですが、2年目も異常なほどの税金の増加です。不思議に思って帳簿を見せてもらったら、アマゾンで買ったエロコミックやレンタルDVD、作家仲間と情報交換するために開催したランチ会や、出版社に持って行った手土産、ソーシャルゲームのシナリオを書くため、自分でもソシャゲをしてみようと課金したお金などが全て「事業主私用」で入力されて、経費から外されていました。

税理士の先生は人格者で信頼できる方に見えたのですが、その税理士事務所は顧客に作家はひとりも存在せず、領収書を入力した若い職員は、アマゾンで買った本が経費になるということを知らなかったそうです。

私は税金をきちんと払いたいと思っていますが、払わなくてもいい税金まで払う気はありません。

税理士の先生に修正申告してくださいとお願いしたのですが、経費が増える形での修正申告は税務調査が入ると言われてあきらめました。忙しいから税金の処理をお願いしているのに、税務調査で時間が取られるなんてまっぴらです。また、先生も、自分の事務所のミスで修正申告するのは恥ずかしいのでやめてほしいと思っていらっしゃるようでした。

税理士の先生は謝ってくださって、次からは顧問料無料でいいとおっしゃったのですが、信頼できないのでお断りしました。家の近くの大規模な税理士事務所に頼んだことで、税金を多く支払うはめになったのです。高い授業料になってしまいました。

結局、引っ越し前の千葉の税理士さんに頼んでいます。作家の顧客を多く抱えている先生です。

税理士を頼むときは、顧客に作家を抱えている税理士さんに頼むこと。これが鉄則です。

専業作家の福利厚生

会社を辞めて専業作家になった場合、いちばん困るのが福利厚生です。

厚生年金が国民年金になり、健康保険が市町村の国民健康保険になります。

会社員だった頃は、厚生年金と健康保険は労使折半（会社が半額負担してくれる）だったのですが、全額自分で払わなくてはなりません。

作家業には退職金もありません。失業保険もありません。

ゴールデンウィークに会社の那須保養所でリフレッシュすることもできないし、会社が法人契約しているスポーツクラブで利用料一回540円で気持ちよく運動することもできません。

社宅、もしくは借りあげ社宅に住んでいる人は、会社が払ってくれていた敷金礼金を自分で払い、家賃も全額自分で払わなくてはなりません。

個人事業主だから「これはもう仕方がない」と、あきらめるしかないのでしょうか。退職金もなく、貧しい老後を過ごすしかないのでしょうか。

実はいろいろ方法があるのです。順番に見ていきましょう。

◇年金は自分で積み立てましょう。税金控除される積み立てがあります

会社を辞めると厚生年金から国民年金になります。国民年金はフリーターや個人事業主が入っている年金で、全額自分で支払わなくてはなりません。

老人になってから貰える年金額は、厚生年金よりも少なくなります。しかも作家業は、いつまで働けるかわかりません。

年金は自分で積み立てたらいいのです。

国民年金基金というのがあります。将来の年金を増やす積み立てです。国民年金基金のすごいところは、税金が全額控除されることなんです。税金が安くなりますよ。

若いあいだは、年金なんてピンと来ないと思います。私がそうでした。たくさん儲けて、たくさん税金を払えばいいと思っていました。

ですが、五十肩だとか、年齢を感じる病気にかかり、老後が急に気になって、去年から国民年金基金に入りました。

国民年金基金は、将来の備えと節税が一緒にできるお得な制度です。

◇作家のための健康保険組合がある

会社員は保険料の半額を会社が負担して、残り半分を月給から引かれていました。

会社を辞めると、会社の健康保険から脱退することになりますが、実は、2年間に限り任意継続することができます。ただし自分で全額負担しなくてはなりません。

会社を辞めたとたん、保険料が単純に倍額になるというわけではなく、最高限度額があるため、在職中よりも安くなる人もいます。

市町村の国民健康保険に入る方法もあります。

国民健康保険は、住んでいる市によって料金が違います。健康保険が高い市と安い市では、倍額ほど違うそうです。

しかも前年度の所得に応じて保険料が変わってきます。たくさん給与を貰っている人は保険料は高く、少ない人は保険料も少ないです。

市役所に電話すれば教えてくれます。

任意継続する場合の保険料と、市役所が教えてくれた国民健康保険料、どちらか安いほうを選んでください。

作家が入ることのできる健康保険組合もあります。

文芸美術国民健康保険組合（http://www.bunbi.com）、略して文美国保です。

国民健康保険は、たくさん儲けたらたくさん保険料を払わなくてはなりませんが、文美国保は定額なので、売れてる作家ほど文美国保のほうが安くなるそうです。

文美国保に入るには、推理作家協会などの作家協会に入っていることが条件ですが、推理作家協会に入るには、会員と理事、二人の紹介が必要で、ポルノ作家にはちょっと敷居が高いですね。

そういうときは、日本アニメーター・演出協会（http://www.janica.jp）の準会員になりましょう。準会員の入会資格は「商業アニメーション制作又はこれに類する事業に従事する個人（例：３ＤＣＧアニメ関係者、フラッシュアニメ関係者、漫画家、アニメ雑誌編集者、ライター、ゲーム関係、小説家、イラストレーター）」となっています。ポルノ作家でも入会できます。

協会に入る場合、入会金と会費がかかります。いずれも年３万円程度です。会費を払ってもなお文美国保に入るほうが得かどうかは、お住まいの市町村の健康保険料金、または任意継続の保険料次第になります。

◇退職金は自分で積み立てましょう。税金控除できる積み立てがあります

作家にも実は退職金がありません（自分で積み立てなくてはなりませんが）。

小規模企業共済という退職金の積み立て制度です。ホームページ（http://www.smrj.go.jp/kyosai/skyosai/）から引用します。

> 小規模企業の経営者や役員の方が、廃業や退職時の生活資金などのために積み立てるもので、掛金が全額所得控除できるなどの税制メリットに加え、事業資金の借入れもできる、おトクで安心な小規模企業の経営者のための「退職金制度」です。

1000円から積み立てができて、儲かってる年は積立額を増やしたり、儲かってないときは減らしたりできます。国民年金基金と同時にできますので、将来のための備えをしてくださいね。税金は全額控除できるので、節税にもなりますよ。

◇雇用保険（失業保険）はありませんが、経営セーフティ共済がある

出版社も会社ですから倒産するときはあります。

グリーンドア文庫で書いていたときのことです。ケイブンシャは発売2ヶ月後振り込みだったのですが、振り込み日の少し前に、制度変更のお知らせと書いた文書が送られてきました。

「2ヶ月後振り込みを3ヶ月後振り込みにします」

怪しいなぁ、大丈夫かなぁ、と嫌な予感がしたのですが、この手紙が来た2週間後にケイブンシャは倒産してしまいました。

今思うと支払いを延ばさなくてはならないほど、経営状況がやばかったのですね。債権者集会にも行きました。怒号が飛び交っていました。経営者は青ざめた顔をしていました。

私の70万円の印税は、9万9240円になってしまいました。

私は当時知らなかったのですが、取引先企業が倒産したときのために、経営セーフティ共済(中小企業倒産防止共済制度)があります。ホームページ(http://www.smrj.go.jp/kyosai/tkyosai/)から引用します。

取引先事業者が倒産した際に、中小企業が連鎖倒産や経営難に陥ることを防ぐための制度で、無担保・無保証人で掛金の最高10倍（上限8000万円）まで借入れでき、掛金は損金または必要経費に算入できる税制優遇も受けられます。

取引先（出版社）が倒産したときに備えて、積み立てておく制度です。5000円から積み立てができ、12ヶ月以上で解約もできます。

必要経費（損害保険金）として経費計上できるので、税金が安くなります。

作家の収入は派手に上下します。

今年100万、翌年1億円、翌々年200万というのが冗談ではなく起こりうる業種なので、儲かってる年に経営セーフティ共済でたくさん積み立てをして、儲からない年に解約、あるいは出版社が倒産し、印税を凍結されたときに借り入れをするという、失業保険のような使い方ができます。

◇勤労者福祉サービスセンターに自分で入ると、福利厚生が受けられる

勤労者福祉サービスセンターというのは、各都道府県、あるいは市にある施設です。うえるびぃ奈良（奈良市勤労者総合福祉センター）のホームページから引用します。

奈良市内の会社・工場・商店などの勤労者及び事業主の方々の福利厚生の向上を図り、併せて中小企業の振興と地域社会の活性化を図ることを目的としています。

うぇるびぃ奈良の管理費は、国・市からの助成金等によって運営しており、入会された会員の皆様から納められる入会金、月会費は、すべて福利厚生の費用として会員に還元されるシステムとなっております。


月800円の会費で、映画を割引料金で観ることができたり、ディズニーランドの500円割引チケットが貰えたり、おせち料理を三割引で買えたり、インフルエンザの予防接種をすると500円の補助が出たり、フラダンス教室やパソコン教室に安い値段で参加できます。

婚活イベントも行っているようです。

個人事業主も入会できます。私は一度入会したものの、忙しくて利用できず、結局脱会しました。

仕事とプライベートのめりはりをつけたい、休みの日はリフレッシュしたいという方は、入会してもいいかもしれません。

ジュブナイルポルノ作家・黒名ユウさんへインタビュー

○黒名ユウ（Yuu Kurona）

2016年２月　読み切り短編「罪と罰のソライユ　～女処刑執行官 恥辱の逆処刑～」（二次元ドリームマガジンVol.87）で商業デビュー。同10月「貞操観念が逆転して童貞女子がエッチに飢えた学園」（二次元ドリーム文庫）
2017年５月「俺とエッチをする権利書が出回ってラッキースケベが無双すぎる」（二次元ドリーム文庫）
その他の著作：共幻社トークノベル文庫より「星の王妃さま エッチな夜のオデッセイ」「小説家になるための エッチの上手な使いかた」。セルフパブリッシングでは「催眠ごっこ」「イマージュ　あなたを一番愛しているのは私」など。
Twitter：@yuukurona

（いずれもキルタイムコミュニケーション刊）

わかつきひかる（以下：わ）　ジュブナイルポルノ作家の黒名ユウさんにお話を聞いてきました。二次元ドリームマガジンで短編の掲載、二次元ドリーム文庫で2冊の出版があります。２０１６年にデビューしたばかりの新人さんで、本業の翻訳業のかたわら小説を書く日曜ポルノ作家でもあります。

黒名ユウ（以下：黒）　はじめまして黒名ユウです。よろしくお願いいたします。年齢は明らかにしていませんが、平成生まれではないです（笑）。

わ　なぜポルノ作家になろうと思ったのですか？

黒　オリジナルな物語を書きたいというのと、エロいお話が好きだからです。

わ　ポルノ小説が好きでいらっしゃった？

黒　はい。小学校高学年ぐらいの頃から父の本棚から、大藪春彦先生や西村寿行先生、勝目梓先生、竹島将先生、菊池秀行先生、夢枕獏先生などのバイオレンス小説や、男性週刊誌の連載小説なんかも隠れて読むようになっていました。

わ　そういう小説ってエロいシーンが必ずありますよね。

黒　そうなんです。凌辱ものが好きになりました。

わ　黒名先生が二次元ドリーム文庫で書かれているのは誘惑ものですが、それについてはのちほどお聞きしたいと思います。デビュー前は、ポルノ小説ばかり書いていたのでしょうか？

黒　ＷＥＢで二次創作です。楽しくて、「これを仕事にできたらな……」と思いました。

わ　二次創作というのは、アニメや漫画のヒロインをエロいめに遭わせる物語ですか？

黒　いいえ、違います。エロではない、ごく普通のファンフィクションでした。

わ　だったら、何でポルノでデビューしようと思ったのでしょうか。

黒　ポルノは「読者を欲情させる」という目標がハッキリしているので。あと「欲情できるかどうか」の判定を自分の股間に尋ねることもできますし。

作家になるまでの道のり

わ　作家になるために、どのような努力をされましたか？

黒　会社を辞めました（笑）

わ　それはやっちゃダメだと思います（笑）

黒　いきなり辞めたわけではなく、前もって翻訳の仕事が得られるように準備はしました。それから、KTC様の発刊されている専門誌「二次元ドリームマガジン」を徹底的に調査もしました。ヒロインの類型や世界観などを過去数年に遡って把握したり、掲載作品の字数を全部数えたり。

わ　好きな小説を好きに書くのではなく、まず投稿対象の分析からはじめた？

黒　はい。数を数えてばかりでしたね、巫女さん何人、メイドが何人、姫騎士が何人……（笑）

わ　それは珍しい。

黒　勤め先が海外のアニメ制作会社だったことも影響あるかもしれません。プロジェクトマネージャーだったんです。

わ　プロジェクトマネージャーというのはどういう仕事ですか？

黒　クリエイターさんたちに仕事を振り、それを統括して作品をプロデュースするお仕事です。出版でいうと編集者のお仕事に近い立ち位置かもしれませんね。

わ　それでジュブナイルポルノだったんですね。ジュブナイルポルノは、20代30代の男性読者に向けて作られているので、アニメや漫画やゲームとの親和性が高いんです。

黒　娯楽系の部署ではなかったので、いわゆるTVアニメのようなものとは関わりはありませんでしたが、困ったクリエイターはいっぱい見ました。

わ　どんなタイプでしょうか。

黒　一番嫌いなタイプのクリエイターは時間が守れなかったり、締め切り関係で嘘をつく人たちです。

わ　編集者にも作家にもライターにもいますよ。そういうタイプ。

黒　投稿規定にぴったり合致する形式の小説を「二次元ドリームマガジン」から見つけ出し、形式を分解して、その形式に乗っ取った短編を書いて、毎週1本送るということを続けました。

わ　短編を毎週1本ですか。二次元の投稿はメール応募だから、郵送と違って簡単に投稿できますが、なかなか大変ですよね。投稿のさいに気をつけたことは？

黒　はい。投稿メールの件名や文面をビジネスメールに徹したり、添付するあらすじをパッと読めるようにしたりという工夫もしました。

わ　それはすばらしいですね。ビジネスマナーの部分がきちんとできているかどうかは、仕事をする上で大事ですからね。

黒　半年後に編集部様から連絡を頂くことができました。

わ　どんな内容ですか？

黒　文章のテンポが良く読みやすかった。ありそうでなかったアイデアが良かった。レーベルカラーをとてもよく理解していて自社刊行作品を書ける人だと思えた。と書いてありました。

わ　分析したかいがありましたね。実は作家がいちばん悩むのがレーベルカラーなんです。投稿先に二次元ドリームマガジンを選んだ理由は何でしょうか。

黒　二次元ドリームマガジンが好きだったからです。テーマが「強いヒロインが屈服させられる」なんですよ。官能バイオレンス小説と通じているので大好物でした。

わ　ジュブナイルポルノだと今は小説家になろう（ノクターンノベルズ）から書籍化を目指す人が多いと思います。投稿でデビューしようと思われたのはどうしてでしょうか？

黒　知らなかったんですよ。
わ　それは意外です。
黒　朝から晩までひたすら働くだけの毎日だったんです。会社を辞めて帰国してみたら、なんだか書店の棚に「異世界どーちゃら」って本がやたら多くなってるな……ぐらいの認識で。それに、早く編集者さんとコンタクトを取りたい！　という焦りがあったんです。当時、書いた作品を友人に見せて感想を貰っていたのですが、誰も肝心なことを言わないのです。エロいかどうか教えてくれない。
わ　ポルノならではの悩みですね。投稿何作目で編集者から連絡が来ましたか？
黒　7作目を投稿して、ギブアップしてそれから約半年後です。5作目と6作目を評価してのご連絡でした。
わ　投稿は、編集者が手が空いたときに読むので、すごく早く連絡が来るときもあれば、時間がかかる場合もあります。二次元ドリームマガジンに掲載された小説は、投稿作ですか？　それとも新しく書いたのですか？
黒　二次元ドリームマガジンは毎号特集があるので、依頼された号の特集テーマに合わせたものを新しく書き下ろしました。
わ　長編の依頼は、企画書を出してくれ、というものだったのでしょうか？　こんな感じのものを出してくれ、という指定はありましたか？
黒　短編のお仕事の後、「今後はどのように作品をお送りさせて頂けばいいですか？」と担当して下さった編集者様に問い合わせた所、「単行本用のプロットを作ってみて下さい」という感じです。
わ　こういうのを書いて、という指定はなかったのですか？
黒　特にご提案は頂きませんでした。
わ　企画書はすぐにOKがでましたか。
黒　それがなかなか。それまで書いていたのと同じ「凌辱もの」でプロットを2、3本作ってお送りしたのですが、良いお返事は頂けませんでした。
わ　企画書にOKがでないと、作家は小説が書けず、お金にもなりません。
黒　担当の編集者様から「和姦ものを書いてみては？」と勧められ、最初に提出した和姦ものの企画書が、「これで行きましょう」と。
わ　陵辱が好きで陵辱を書きたかったのに、和姦ものでよくOKが出ましたね。
黒　和姦ものの官能小説やエロ漫画などはほとんど読んだことがなかったんです。編集者さんが「これらを参考にして下さい」と二次元ドリーム文庫の作品を何冊か送ってくれたので、一生懸命読んで、このジャンルの読者が何を望んでいるのかを研究しました。和姦ものを扱う他レーベルとの差、例えば「美少女文庫」と「二次元ドリーム文庫」では何が違うんだ？　なんてことも調べました。
わ　数えるところからはじめた？
黒　はい。このときも数を数えることからはじめました。イラストの点数とかヒロインの人数とかエッチシーンの長さや回数とか。とりあえず何か数える所からはじめますね。
わ　企画書の段階で編集者がアドバイスしてきます。そのアドバイスは納得できるものでしたか？
黒　最初の案ではヒロイン5人だったのですが「多いので女教師を削って4人にしましょう」と提案され、それに合わせてプロットを作り直し「いいですね。これで会議にかけてみます！」とお返事を頂き……そこまでは良かったのですが、数日後「すみません……女教師はやはり登場させる方向で」というションボリした声のお電話が。

わ 編集者がOKを出しても企画会議で偉い人が何か言ってひっくり返るというのはよくあります。

黒 ヒロインは結局5人になりました。

デビューが決まったら

わ 企画書にOKが出て、小説を書きはじめたわけですが、デビュー作の長編は、執筆にどれぐらい時間がかかりましたか?

黒 期間でいうと初稿に3週間、二稿に1週間ぐらいです。ゲラチェックは3日ぐらいかけました。時間でいうとトータルで80～100時間ぐらいではないかと思います。

わ 編集者の直し指示は納得できるものでしたか?

黒 プロット（企画書）の段階でコンセプトに対する共通認識をしっかりと持てたので、そもそも大きな直しはありませんでした。

わ 書きたいものとは違うジャンルの依頼が来たわけですが、楽しく書くことはできましたか?

黒 クライアントが望むコンセプトで制作するというのはそれまで私が会社でとってきた姿勢でもあるので、そこの所に全く異論はありませんでしたし。むしろ、それが楽しいというタイプなんです。

わ タイトルと章タイトルは、編集者がつける場合が多いのですが、黒名さんの場合はどうでしたか?

黒 タイトルは最終的に編集部が決めるという前提で、私からも案を求められました。いくつも候補を上げて担当さんと何度かやりとりしていますね。最後は編集会議で決定されたそうです。章タイトルは完全に私の案で決まりました。ペンネームについても、このときに決まりました。

わ 雑誌掲載のときとペンネームが違っているのですね。私は編集者がペンネームをつけてくれました。黒名さんはどうでしたか?

黒 編集部で考えてもいいし、自分で考えてもいいということで、とりあえず自分で考えてみて……そしたら、滅茶苦茶悩んでしまって。小説書くより疲労困憊して（笑）結局「黒名ユウ」とつけました。

わ 編集運が悪いと作家は消耗させられるのですが、黒名さんはどうでしたか?

黒 幸運なことに、デビューから今に至るまで単行本、読み切り、全てで納得のいかないことなど一度もなくお仕事をさせて頂いております。

わ いい編集者が担当になってよかったですね。

黒 そうですね。漫画やライトノベルでは困った編集者に振り回されるということがたまにあるようですが、そういうのは、どんな仕事にもつきもののことだと思います。

わ デビュー作は、依頼から出版まで、正味何ヶ月かかりましたか?

黒 雑誌への読み切り短編は2ヶ月、単行本は4か月ぐらいです。

わ エッチシーンを書くのと、日常パートを書くのと、どちらが楽しいですか?

黒 どちらも楽しいです！ 甲乙つけがたいですね。

わ フェチ（性的なこだわり）はありますか?

黒 受け口フェチ、マルチプルアーム（多腕）フェチ……あまり商業小説に向かないフェチばかりで困ってます。（笑）とはいえ、苦手な性癖も特にないので、そこは助かっています。エグいのからソフトなのまで、なんでもいけるクチです。

わ　陵辱が好きなんですよね。

黒　デビューするまでは和姦ものは読まなかったのですが、今では良さもわかってきました。食わず嫌いだったですね。

ポルノ作家という生き方

わ　さしつかえなければ、原稿料と印税と電子書籍印税について教えてください。

黒　ごめんなさい。契約の規定上、具体的な数字などは明かすことはできません！　ですが、一般小説と比べると、紙書籍の売り上げに対する電子書籍の売り上の比率は大きそうだなという実感は私もあります。

わ　ポルノ小説は、電子書籍の売上がいいです。黒名さんは、セルフパブリッシング（電子書籍を自分で作って自分で売ること）もされていますね。自分で売るのと、二次元から売ってもらうのと、どちらが儲かりますか？

黒　やはりブランド力のある既存商業レーベルからの電子書籍のほうが売り上げが遥かに高いですね。比較にならないです。稼げるのは既存商業レーベルからのデビューだと思います。

わ　本業とポルノ小説、どちらが儲かりますか？

黒　翻訳です。翻訳は小説の5倍〜10倍ぐらい稼げます。

わ　それはすごい。

黒　翻訳の取引先は小説のお仕事よりも多いです。仕事の種類も、企業の企画書、学術資料、小説、アニメの脚本の翻訳、スマホゲームの日本語ローカライズなど、貪欲に色々とやらせて頂いています。

わ　あんまり儲からないポルノ小説を書いているのは何のためでしょうか？

黒　プロの小説家としてのノウハウを、実践を通して身につけるため。書くのが楽しいため。そして何よりスケベなので。お仕事楽しいです！

わ　1日のスケジュールについて教えてください。

黒　翻訳も小説も、原稿に向かう仕事なので、締め切りの早いものから優先して、それぞれの案件をやりくりしています。

わ　締め切りが重なるときはどうしていますか？

黒　スケジュールの調整をしています。8時間寝ないと駄目なので徹夜は余程のことがない限りしません。翻訳の場合は1日5000字を超えないように、小説の場合は1日1万字を超えないように気をつけています。

わ　ノルマではなくこれ以上は書かないという上限を決めているのですか？

黒　書こうと思えばそれ以上に書くことはできますが、そうしてしまうと考えたり読んだりする時間が無くなるので。1日の全てを目先の書くことだけに消費してしまわないようにしています。

わ　翻訳とポルノ小説で生活できているのですね。

黒　お金にならない仕事が続いたり、スケジュールが空いてしまったときは短期でバイトでも何でもして補っておくようにしています。

わ　ポルノ作家になってよかったことは何ですか？

黒　男と女について考えることが多くなったことです。今まで女性の気持ちや人生について考えたことってほとんどなかったなあと。書いている小説は男性向けなので、女性の気持ちなど斟酌してないですけれど、リアルな人間としての自分は、女性という異質な存在にずいぶん親しみと興味が持てるようになりました。

わ　人間に興味がわいたというのは、女性にモテるようになったのではありませんか？

黒　はい。日曜日にポルノ小説を書くようになったら女の子にもモテモテに……って、怪しい宣伝みたいじゃないですか（笑）。モテてるかはわかんないですが、以前と比べて女性との付き合い方は変わったかなあ……会話するのは楽しくなりましたね。

わ　黒名さんはポルノ作家であることを周囲の人間に明かしていらっしゃいますか？

黒　明かしています。

わ　詮索されたり、バカにされたりしませんか？

黒　されます。でも、私は他人から蔑まれたり見下されたり侮《あなど》られるのが物凄く好きなんですよ……マゾ気質といっていいのかわかりませんけど。私自身はそう思っていませんが、世の中的には、ポルノって創作物としても一段下に見られる感じじゃないですか。知り合いなんかでも、ポルノ書いてるよって言うといきなり上から目線でマウントとってくることがあったり。そういうの凄く好きなんです。ゾクゾクするんです。罵倒レビューなんかもう最高だったりします（性的な意味で）。そんな性的に興奮できる機会が得られたのは良い点です。……なんか変態っぽくてすいません（笑）

わ　黒名さんは、凌辱されるヒロインの側に感情移入して読むタイプですね。

黒　どうしてわかったんですか!?（笑）

わ　ポルノ作家になって困ったことは何ですか？

黒　特にありません。強いて挙げるなら、以前よりもエッチな話題を平気で口にするようになったことです。感覚が麻痺しているため、普通の人がドン引きするようなことをついつい口走ってしまいます（笑）

わ　営業はされていますか？

黒　デビューして2年。これまでは余裕がありませんでしたが、これからはどんどんしていきたいと考えています。最初の投稿活動って、営業そのものだったなと思います。

わ　この先、どんな作家になりたいですか？

黒　クライアント（出版社）さんに喜んで頂ける作家。編集者さんに「仕事がしやすい」と思って頂ける作家。読者様に気に入って頂けるものが書ける作家。最後に、自分のファンに喜んでもらえる作家。お金も稼ぎたいです。

わ　これからポルノ作家を目指す方にひとことお願いします。

黒　「会社は辞めないほうがいいですよ」……というのは、私が言うと説得力があるんだか、ないんだか（笑）。ポルノ小説って、儲かりません！　シリーズ前提というのは稀ですし、1作あたりの刷部数もそう多いわけでもないですよね。本の消化率は一般小説より良さそうなので出版社的には手堅く利益がありそうですが、作家がそれで生計を立てようとすると道のりはなかなか険しい……。甘くはない。でも、兼業ならそんなリスクを心配する必要もありませんよね。あまり自分を追い詰めたりせず、楽しく目指したらいいんじゃないかと思います。エッチはそもそも気持ちいいことですし！というわけで、自分のペースを信じて頑張って下さい！

わ　ありがとうございました。

ポルノ作家には、自分の好きなものを書くタイプと、レーベルカラーを分析して、レーベルカラーに当てはめていくタイプの二種類がいます。

黒名さんは分析タイプの書き手のようです。小説を書く前に雑誌やレーベルを分析したというのはおもしろいですね。

おわりに

私は無名作家ですが、文筆業者になって21年になります。著書は130冊を越えました。気分はいつも新人ですが、若い編集者に逢うと「僕、わかつき先生の『My姉』を、中学生のときに読んでいました」と言われて年齢を感じたりします。

自分なりに積み上げてきたノウハウをまとめた前作『文章を仕事にするなら、まずはポルノ小説を書きなさい』は、幸い好評で、たくさんの人に読んで頂くことができました。

乙女系小説を書きたい女性に向けて書いたつもりだったのに、男女問わず楽しんで頂けたようです。

前作であまり説明できなかった男性向けポルノ小説の書き方を、この本でまとめました。

会社員の方が、副業としてポルノ小説に挑戦する場合を想定しています。前作よりもさらに踏み込んだ内容になっています。

税金については、税理士の井上春幸先生に監修して頂いています。

また、官能小説の編集作業を行う編プロに取材をし、社長とデスクにいろいろ聞いてきました。編プロは隠れた存在ですが、複数のレーベルを手がける編集者の業界話は必見です。

私は企画を出すとき、類書を調べます。類書が売れていると、企画が通りやすくなるからです。びっくりしたのですが、小説の書き方本やライトノベルの書き方本はたくさん出版されているのに、ポルノ小説の書き方本はほとんど出版されていないのですね。そういえば私も、ポルノ小説の書き方本は読みませんでした。

ポルノ小説にはもっと売れてる方がいらっしゃるのに、私程度の作家が書き方本なんて偉そうかなと思いますが、なにぶん類書がないため、ポルノ作家になりたい方のお役に立てると思います。

私は作家業はビジネスで、小説は商品だと考えています。

仕入れも在庫もなく、初期投資のきわめて少ないビジネスです。

しかも、自分の工夫次第で、大金を儲けるかもしれない夢のある仕事です。

必要な資質は妄想だけ。

あなたもポルノ作家というビジネスをはじめてみませんか。

最後になりましたが、すばらしい表紙イラストを描いてくださったミサカ先生、編プロ大航海の松村社長、十川デスク、税理士の井上幸之先生、雷鳥社の望月さん、校正の先生、印刷会社の技術者のみなさん、取次の方、本を書店に運んでくれたトラック運転手さん、書店員さん、この本を出版するに当たってお世話になった方、そして、この本を買ってくださったあなたにお礼を申し上げます。

この本があなたの執筆活動の一助になることを願ってやみません。

わかつきひかる

2018年2月3日

この本を書くに当たってお世話になった方々

税理士　井上春幸先生
東部会計船橋事務所
〒273-0002　千葉県船橋市東船橋 3-4-2-2F
TEL: 047-460-1411　inoue@tobugodo.com

株式会社大航海　松村由貴社長・十川光輝デスク
〒101-0061
東京都千代田区神田三崎町 2-20-7 水道橋西口会館 307
http://www.com-pass.jpn.com

▼

日曜ポルノ作家のすすめ

著：わかつきひかる

2018年4月30日　初版1刷発行

発行者：安在美佐緒
発行所：雷鳥社
〒167-0043
東京都杉並区上荻 2-4-12
TEL：03-5303-9766
FAX：03-5303-9567
URL：http://www.raichosha.co.jp/
E-MAIL：info@raichosha.co.jp
郵便振替　00110-9-97086

装画：ミサカ
協力：黒名ユウ
松村由貴（株式会社大航海）
十川光輝（株式会社大航海）
税理士・井上春幸
（東部会計船橋事務所）
編集・デザイン：望月竜馬
印刷・製本：株式会社 光邦

ISBN978-4-8441-3743-6 C0090